Parmi tant d'autres…

Du même auteur

D'étoiles et d'exils, Flammarion, 1992

Parmi tant d'autres, Flammarion, 1996 (Prix du Livre de l'Eté – Metz 97) ; J'ai Lu, 1999

J'étais enfant pendant la guerre de 14-18, illustré par Claude Cachin, Éditions du Sorbier, 1997 ; réédition 2001

La Brûlure du jour, Presses de la Renaissance, 1999 ; Le Livre de Poche, 2001

À hauteur d'homme, Flammarion, 2001 ; Feryane, 2002

Lettres de résistances, Pocket, 2004 (co-auteur)

Céline : même pas mort !, Balland, 2011

Madame Céline, route des Gardes, Pierre Guillaume de Roux, 2012 (co-auteur)

Montherlant aujourd'hui, Les Éditions de Paris, 2012 (co-auteur)

La Grande Guerre au cinéma, de Josepha Laroche, L'Harmattan, préface, 2014

Mon père soldat de 14-18, illustré par Hubert Van Rie, La Martinière Jeunesse, 2014

Christophe Malavoy

Parmi tant d'autres…

Flammarion

ISBN : 978-2-0813-5282-7

À mes enfants

« Nous ne voyons pas, nous n'entendons pas ceux qui souffrent, et tout ce qu'il y a d'effrayant dans la vie se déroule quelque part dans la coulisse. C'est une hypnose générale. En réalité, il n'y a pas de bonheur et il ne doit pas y en avoir. Mais si notre vie a un sens et un but, ce sens et ce but ne sont pas notre bonheur personnel, mais quelque chose de plus sage et de plus grand. »

Anton TCHEKHOV,
Groseilles à maquereau

Avant-propos

J'ai pu mesurer à travers le nombreux courrier reçu à la suite de la première édition de cet ouvrage, combien la guerre de 14 était ancrée au plus profond de notre mémoire collective, et combien l'émotion était grande à faire resurgir le destin de tous ces hommes et de toutes ces femmes qui ont été brisés par la folie de quelques-uns.

Car ce n'est toujours qu'une poignée d'hommes qui déclenche et précipite le monde dans l'enfer de la tuerie et de la barbarie. Jamais une guerre n'avait atteint un déluge de feu aussi violent. Les entrailles de la terre de France en sont encore aujourd'hui meurtries.

Émotion que l'on retrouve dans les cimetières militaires, devant l'étendue de ces croix et stèles dressées en si grand nombre et qui nous invitent au silence et au recueillement.

Que d'ardeurs et de jeunesses perdues ! Que de gâchis, de brutalité, de cynisme et d'arrogance, que de misère et de souffrance pour une génération fauchée en plein élan ! J'ignorais, en écrivant ce livre sur l'agonie de mon grand-père, combien j'en serais moi-même touché, au point de ne plus pouvoir parler ni d'écrire le moindre mot. Je me souviens d'être resté ainsi, immobile, prostré, dans un silence âpre et pesant, cherchant parfois mon souffle, et j'ai souvent pensé que je n'arriverais pas à achever cette écriture.

Cette histoire, il est vrai, me hante depuis ma tendre enfance. Je ne connais pas de lieux plus mémorables que ces champs de bataille où les stigmates de la guerre sont encore visibles de nos jours. Comment ne pas être touché par ces coins de terre ravagés par le déluge des obus et l'acier des shrapnels ?

Je conserve précieusement un carreau de terre cuite que la tante de ma grand-mère, Eva Laroche, rapporta de la Ferme de Beauséjour où se déroulèrent les assauts meurtriers des mois de février et mars 1915. C'est là que mon grand-père tomba l'après-midi du 6 mars sous le feu des mitrailleuses allemandes.

Sur le dessus du carreau, elle a écrit à l'encre, en date du 14 mai 1919, « Pavé ramassé dans les ruines de la ferme de Beauséjour en Champagne. Il ne reste que pierre sur pierre de cette ferme qui est très belle, dit-on. Seuls quelques arbustes en fleurs rappellent l'emplacement du jardin, les lilas fleurissent dans les décombres. »

L'encre sur la terre cuite s'est effacée. Bientôt les mots n'apparaîtront plus et le temps aura tout emporté.

C'est au fond pour cela que l'on écrit. Pour que le temps n'efface pas le souvenir. Pour remettre toujours de l'encre sur les mots.

Christophe Malavoy – juillet 2014.

1

Un rat nage dans l'eau glacée.

De la brume sur les mottes de terre. Le feu. La suie. La boue. L'odeur des hommes pris au piège. Les premiers jours de mars sont lugubres. Noirs, malgré la neige.

Il est là, en première ligne, avec sa jeunesse blafarde. Grand-Père… Les images reviennent… Un peu floues.

C'est lui. Un quart fumant entre les mains. Du café, peut-être. La chaleur du métal blanc. Le vent est tombé. Ici, c'est assez rare. La Champagne n'est guère abritée, et le vent dévale les maigres pentes sans se lasser.

Grand-Père. Ce visage familier, je le reconnais à peine dans le petit matin gris. Et pourtant, cet uniforme, ce bleu, ce rouge, je l'ai vu là-bas. Dans cette maison en Charente. Un été. La vigne et le lierre sur les murs. Jusqu'au toit. C'est là justement… Sous les toits…

De la guerre il reste le souvenir d'un homme, jeune, « tombé glorieusement au champ d'honneur ». C'est la phrase, dissimulée par le temps, qu'on peut lire encore aujourd'hui sur la plaque commémorative du caveau familial.

De cette vie brève il reste une tombe en Champagne, pour toujours offerte aux vents de la plaine. Et quelques photographies aux teintes rousses dont un portrait que je revois accroché au-dessus de la cheminée, dans la chambre de ma grand-mère.

En cette veille de printemps 1915, en ces journées froides et mortelles, le courage fut encore nécessaire. Il n'en manqua point. De cette vie brève il reste un courage, le sien. Il habita secrètement la vie de ma grand-mère puis celles de ses deux fils. Jacques, mon père, et son frère André.

Ils n'ont pas connu leur père. Les années ont passé. Et puis la guerre est revenue. Il faisait chaud, l'été brillait. Ils ont repris les fusils. Le chemin des combats, les champs de bataille et d'honneur, le courage, le leur, mais qui était aussi le sien. Lui, toujours, le père, celui que la guerre n'avait pas rendu.

Le passé est une forge où les caractères se trempent et où les destins naissent. Le passé nous contemple et, sans même le savoir, nous marchons vers lui. Attirés par la profondeur du puits, de notre image énigmatique reflétée sombrement par de molles brillances, nous nous penchons vers les ciels obscurs où se cache notre vérité.

Alors j'ouvre la porte.

Les greniers sont là, en enfilade sur une vingtaine de mètres. Ils sont aussi encombrés que les coulisses d'un théâtre. Une odeur sèche de noix et de noyau se faufile de l'un à l'autre. Des coins d'ombre, des piles de lumière.

Les contrastes sont durs mais tamisés par la poussière. Le vent jase entre les tuiles et la charpente. Un contrevent qui bat, une porte qui bâille, une vaisselle qui tremble, tout semble dormir, mais respire comme si c'était hier.

Oui, c'est ici, dans cette vieille penderie, que je l'ai vu la première fois, le pantalon rouge avec de larges bandes noires sur les côtés. Je le vois, pendu au cintre dans une housse, me toisant de toute sa hauteur, le pantalon garance de Grand-Père. Ma respiration s'arrête un instant. Je touche le drap épais et quelque chose en moi se fige. La résurrection d'une douleur lointaine.

Juste derrière, enveloppée de pénombre, je distingue une vareuse. L'étoffe est trouée à plusieurs endroits. Je fouille de mes yeux l'obscurité qui baigne le fond de l'armoire. Parmi des ballots de linge, ficelés de raphia, ma main glisse et se hasarde comme dans une eau trouble.

Elle remonte à présent le long d'une gaine de cuir. Elle s'arrête. Quelque chose comme un pommeau, une poignée. C'est un sabre. Je fais apparaître la lame, étroite et brillante.

La réalité pénètre sous ma peau et me hérisse le poil. Des images de guerre, approximatives, se dressent devant moi. Une dizaine d'années dans les yeux, que sais-je de la souffrance, de l'horreur, de la mort ?

Rien.

Je n'ai dans ma mémoire qu'une image arrêtée. La couverture d'un livre dont j'oublie le nom. L'attaque, baïonnette au canon, poitrines nues, le drapeau en tête. Un homme, au premier plan, le bras levé, sabre au clair, bouche ouverte, entraîne la troupe. Cette vague humaine, ciel et groseille, qui fuit jusque là-bas, dans un bourrelet de terre ; cette forêt de piques et de fusils, le mouvement de l'assaut, solidaire et unanime du talon à la mâchoire, le regard troué par la peur et la rage. Image glorieuse du devoir.

J'ignore tout cela. La guerre à mon âge sent encore la peinture ; et pourtant, dans ce rai de lumière qui soudain traverse en biais l'armoire et éclaire en brèche le passé, je devine inconsciemment que ma vie vient d'une autre. Je ne suis qu'une partie de l'histoire. Une feuille de l'arbre, tournée vers le ciel, au bout de la branche tendre et fine, j'ignore encore la hauteur, les racines. Je ne suis pas seul. Les autres m'empêchent de voir. À l'intérieur, quelque chose qui remue, qui pousse et se ramifie. On découvre cela bien tard.

Le mal est fait.

La vie commence.

Je passe le pantalon de Grand-Père. Il m'arrive facilement sous les aisselles. La vareuse m'intrigue et me fait un peu peur. Je n'ose la décrocher. Sur l'étagère, au-dessus, encore du linge. Je hisse mon regard qui est à peine à la hauteur. Rien d'autre, semble-t-il, que des toiles basques aux rayures bleues, ocre, écrues ou lilas. Non, rien d'autre qui puisse faire tenir plus longtemps un enfant sur la pointe des pieds. Je redescends et me retrouve par terre, les talons pris dans le drap rouge.

Je tire le sabre de sa protection et fais briller la lame dans le faisceau doré et plein de poussière. J'aperçois par instants les traits de mon visage. Mes yeux se rapprochent et se reflètent étroitement.

Pourquoi cette vareuse me fait-elle peur ? Ce n'est qu'un bout d'étoffe après tout. Il y a là, cependant, quelque chose de mystérieux et qui parle… J'ouvre un tiroir. Dans une boîte en carton verdâtre, des objets, pleins de douleur. Une douleur froide, une intimité qui me glace les yeux. Les objets de Grand-Père, imprégnés de sa sueur et d'une guerre. Devant moi, les pièces d'un puzzle. Tout cela est vrai, silencieux. L'émotion brouille la vue. Mais la vérité est là, tachée et blessée, violente et nue.

Oui, ce sont elles. Je vois la trace des blessures sur ce large portefeuille en moleskine noircie par l'usage et sur ce carnet au cuir anglais, fermé par un élastique. Les impacts sont visibles, intacts. Cela semble s'être passé hier. Le portefeuille, marqué d'initiales, a été traversé à deux endroits. Le carnet, lui, est nettement entaillé sur la tranche. L'éclat a légèrement gaufré les feuilles, qui, sur une vingtaine de pages, sont ainsi presque soudées entre elles. Quelque chose de mystérieux et qui parle… Grand-Père, dont la douleur est à jamais inscrite dans un cuir, une étoffe.

Le portefeuille est rempli. Plusieurs photographies, de toutes tailles, terre de Sienne, où l'on peut voir un enfant aux joues rondes, aux longs cheveux, qui fait ses premiers pas dans un jardin, près d'un puits ; assis sur le gravier d'une allée, sur un banc ou encore sur des genoux, dans les bras d'une femme jeune. Sa mère. Ce fils, Jacques, dont la vie se lève à peine, il ne l'a pas quitté. Tout contre sa poitrine, il est parti avec lui, il est… non, pas encore, laissons un peu de temps, un peu de vie avant la douleur.

Il y a aussi un papier gris, tramé, estampillé par « Phocion-Angoulême ». Plié en deux, on trouve à l'ouverture le portrait de son fils, allongé cette fois sur le ventre, nu sur une peau de bête aux contours estompés. Un effet de ciel grisonnant habille le fond. Une tête ronde, aux cheveux fins qui frisent dans la nuque, la peau aussi lisse et duveteuse qu'un pétale, le regard bien ouvert et sensible, l'enfant est beau et potelé. Une date est inscrite sur le carton : 4 décembre 1914. À trois jours près, le bébé vient tout juste d'avoir un an. Ce bébé, c'est mon père.

Ce n'est pas tout. Quatre courriers, dont une carte de correspondance des armées en campagne, ainsi que trois lettres au papier fin et glacé, datées des 18, 22, 25, puis 28 février 1915, remplies d'une écriture énergique, penchée et régulière. Trois lettres, pliées et nues, sans enveloppe. L'encre a légèrement passé. Les déliés sont pâles, les pleins ont un peu roussi. C'est l'écriture d'une femme, Odette, ma grand-mère, que l'on appelait Mandette. Elle n'a alors que vingt-deux ans. Elle est enceinte et attend un second enfant qui doit naître durant ce mois de mars.

Il n'y a que deux enveloppes. L'une, bleutée, que Grand-Père n'a pas envoyée malgré l'adresse parisienne écrite dessus. Le revers n'a visiblement pas été collé. Une balle, par contre, a nettement traversé le papier. Un trou d'une dizaine de millimètres. L'autre, marbrée de crasse, avec l'écriture de ma grand-mère, cette fois. Le papier sur l'un des bords est retroussé en plis fins et serrés. La violence de l'impact est encore plus sensible. Il y a un télégramme, rectangulaire, couleur de paille humide. Le texte est dactylographié sur de petites bandes de papier bleu pâle, collées les unes à la suite des autres. Adressé au lieutenant de réserve Fernand, Auguste, André M… de la part du colonel commandant le 170e régiment d'infanterie d'Épinal : « Rejoignez immédiatement et sans délai la caserne Contades pour y accomplir une période d'exercices. »

Le papier est indemne, aucune trace de souillure ou de guerre, rien. L'émotion est intacte. Le destin est là, ramassé en quelques mots : « Immédiatement et sans délai »… « une période d'exercices »… L'avenir sent déjà la poudre. Dans quelques jours, la guerre va éclater.

Il y a autre chose. Un morceau de papier, très ordinaire, plié en quatre. Je n'en crois pas mes yeux. Comment cela est-il possible ? Un petit carré blanchâtre où est inscrit au crayon « *11e Cie* ». Un petit bout de papier apparemment sans importance, identique à ceux que les élèves se passent en classe, en cachette. Et cependant il y a là le destin de cent soixante hommes. Ils ne savent pas encore. Oui, c'est bien ça. L'ordre d'attaque. Grand-Père a noté :

« *Ordre arrivé à 15 h 20.* » Juste au-dessous, sa signature. Écrit debout sans doute. Le trait est appuyé, rapide. Un crayon mal taillé peut-être, on sent l'urgence, la pression, la vie qui bat au fond de la gorge. La guerre est là entre mes mains et j'en mesure le poids. La terre va trembler tout à l'heure. Petit carré blanchâtre, à peine terni par le temps, où la mort est écrite.

Dans cette boîte de carton, autre chose encore. Un étui à lunettes qu'un choc violent a cabossé et même étrangement plié. Lovée à l'intérieur, il ne reste qu'une monture. Un pince-nez plaqué or. Les lorgnons de Grand-Père. Inséparables du visage et du souvenir.

À côté, enfin, dans un double étui au cuir fin et culotté, une montre de gousset dont il manque le verre. Les aiguilles nues sont noircies et indiquent une heure rouillée sur la céramique blanche où l'on distingue un éclat.

Il reste l'anecdote, le détail, celui dont l'Histoire est nécessairement faite et sans lequel on ne pourrait parler ni de grandeur ni de gloire. Celles de ces hommes qui ont creusé la terre de leurs mains orgueilleuses autant que misérables et s'y sont à jamais couchés pour quelques mètres de défaites, de victoires et d'honneur.

La vie, ici, devant, à droite, à gauche, plantée comme une croix, quelques branches, de grosses mottes de glaise, un ciel qui pleure, allongé dans les arbres, là-bas, dans ce lointain crasseux.

La vie brève, privée d'amour, de bouches, de baisers. Le front. Éclairs hurlants. Le feu, la foudre, le vacarme des obus, les cris, les râles, les chairs béantes et sectionnées, les yeux sortis de l'orbite comme à l'abattoir. Cette musique nauséeuse et crispante, les nerfs qui s'usent et craquent, la suée froide qui précède l'assaut, les intestins qui se détraquent, la chiasse, la merde qu'on retient, et ce baiser qui revient, aussi léger et insouciant qu'un papillon, voltiger dans l'air bleuté, puis disparaît en quelques coups d'ailes blanches, vision, mirage, tout se mélange affreusement.

On ne sait jamais pourquoi on écrit. C'est l'inconnu qui écrit. Ce pantalon, enfoui là-bas dans la grisaille de l'Histoire. Pendu sur ce cintre, dans un grenier. Trente ans pour revoir cette image, l'enfant que j'étais, assis sur le bas d'une armoire, un pantalon garance jusqu'au cou. Cet enfant immobile, les yeux clos, qui écoute les abeilles dans la vigne grimpant jusqu'au toit. Autour de lui, l'été bourdonne et butine. À quoi pense-t-il ? Je le sais maintenant. À lui, cet inconnu au visage familier. Cet homme enveloppé de brume. Un galon d'or sur les manches et les épaules. La silhouette lourde et immobile, appuyée contre le parapet gluant et baignée par un brouillard de neige fondue. Solitude découpée comme un fantôme. Sur le front de Champagne. En première ligne. Oui, cet homme, Grand-Père. Je le regarde soudain autrement.

Écrire l'absence de ces vies qui se sont tues. Il suffit de fermer un instant les paupières. C'est cela que j'ai pensé devant l'armoire, vêtu de rouge. Pour la première fois, je crois, les autres sont entrés dans ma vie. Ils ont tissé la toile dont je suis fait aujourd'hui.

J'ai remis le pantalon sur le cintre, dans la housse, le sabre à la même place. Je referme la porte de l'armoire et passe lentement dans le rai de lumière. Je quitte les greniers. D'un revers de main, j'essuie la sueur qui a perlé au-dessus des lèvres et sur le nez. On entend les cloches de l'église…

En ce mois d'août 1914, elles sonnent à grandes volées. Partout dans les campagnes, on entend le tocsin. Les outils s'arrêtent, les fourches, les faux suspendent leur élan, la poussière retombe lentement tandis que les têtes se tournent ; que les bouches se taisent ; que les fronts se plissent et que dans le regard des femmes passent déjà les uniformes et les fusils.

Les vieux disent : « Ce sera la revanche, on l'attend depuis quarante-quatre ans ! » Les jeunes disent : « On ne va tout de même pas se battre pour les Serbes ! » Le soleil brille et traîne encore dans les champs, tard le soir. Ça donne soif à ces bouches qui chantent maintenant *La Marseillaise*.

J'ai hâte de savoir. Il faut aller plus loin. Aux premiers jours de mars, sur ce champ de bataille, là-bas, en Champagne. L'année 1915.

2

La nuit a été relativement calme. Étrangement calme. Dans leurs sapes, aux murs pisseux et suant l'humidité, les hommes ont dormi entassés comme des sacs. Ils émergent de leurs rêves frileux avec des regards de bêtes. Démangés par les poux et les puces, ils se grattent tandis que les rats courent de planche en planche et font leur chahut habituel. La pestilence de la boue gorgée d'urine rampe au fond du boyau. Une lumière pâle gît dans le ciel. Sur la terre ouverte de toutes parts et ignorant le sommeil tombe une neige qui fond aussitôt et inonde la tranchée. On ne voit à cette heure que les reflets livides de l'eau dans les ornières. Des arbres dépouillés et chauves.

Un homme vient de sortir de son gourbi, une cabane en planches recouverte de toile goudronnée où une lanterne d'étable dispense, à l'intérieur, une lueur jaunâtre. Il a les traits défaits par l'insomnie. Des yeux bleus, très clairs, embusqués derrière les verres d'un pince-nez, dominent son visage. Une fine moustache blonde est taillée au-dessus d'une bouche bien faite malgré des lèvres minces. Il est grand.

Des épaules larges. L'attitude est stricte sans être jamais hautaine. Les cheveux courts, dégarnis sur le haut du front. La personnalité semble vaillante et forte. Il a dans la physionomie ce curieux mélange où naît précisément le charme d'un caractère docile et obstiné à la fois. Et si la myopie donne au regard quelque chose d'imprécis, de vulnérable et même d'enfantin, l'expression est cependant franche et pleine d'intelligence.

Voilà que ce visage mal rasé, creusé par la fatigue, légèrement bisaillé, inspecte la tranchée sans la moindre émotion. Gestes matinaux, répétés, presque mécaniques.

C'est lui, Grand-Père, dont le regard ausculte un instant ce ciel qui sent la neige, puis consulte l'heure à sa montre. Une volée de moineaux passe au-dessus de la tranchée. Il les regarde s'éloigner. Sans doute ont-ils froid eux aussi, comme lui, qui remonte le col de sa capote.

« Je n'ai pas de goût pour la bataille, ni pour la tuerie. On m'a cependant donné, malgré mon grade de lieutenant de réserve, le commandement d'une compagnie. Je n'en tire aucune fierté. Cette guerre, je la souhaite, comme tout le monde, la plus courte possible. Mais, depuis le mois d'août, la guerre s'est enlisée dans la boue et l'horreur. Les hommes n'attendent plus rien. Au fond de leurs trous, le visage graisseux, le dos courbé par le drap lourd des capotes, ils savent…

« Ce matin, visite des parapets. Dans la nuit, le réseau de barbelés a été remis en état. Un peu plus loin, des poilus creusent une cagna. Mes hommes ajoutent à leurs besognes multiples celle d'accomplir le travail que le génie nous avait promis. Nos abris sont précaires. Un trou de deux mètres cinquante à trois mètres, une feuille de tôle de trois millimètres et des rondins par-dessus. Pas de quoi effrayer les 210 de l'artillerie boche. Même le 77 se rit de notre règlement sur les travaux de campagne. C'est moins la peur de mourir que celle d'être écrabouillés à tout moment qui nous atteint.

« Le boyau qui conduit au poste d'écoute est un vrai lac de boue. Les Allemands sont en face, à moins de cinquante mètres. Ils démolissent régulièrement tout ce qu'ils voient sur le parapet. Mieux équipés que nous, ils ont une pompe à moteur pour puiser l'eau des tranchées, alors que nous devons nous contenter de gamelles. Les planches que j'avais demandées hier ne sont toujours pas là. Pour en obtenir une cinquantaine, il a fallu que je fasse un bon, lequel doit être signé du colonel. Il n'est pas étonnant qu'une telle bureaucratie n'engendre que des résultats désastreux. Et ce sont toujours les mêmes qui en souffrent.

« La troupe.

« Toujours elle.

« Quelques tombes ruinées par l'usure des pluies et sur lesquelles se dressent de pauvres planches en croix viennent donner curieusement un peu d'humanité et de tendresse à ce champ lunaire. Le plus souvent, les cadavres pourrissent tranquillement devant nous. Englués, scellés dans la terre immonde, nous sommes si près d'eux que leur puanteur enlace nos abris. Leurs corps servent parfois de créneaux. Rien n'est trop laid pour survivre dans cette fin du monde.

« La mort est devenue pourtant beaucoup plus supportable qu'on ne l'imagine à l'arrière. Elle est proche, imminente et quotidienne. Elle moissonne à chaque assaut. Dix jours de premières lignes dont trois sous le feu ont mis rudement les nerfs à l'épreuve. L'artillerie allemande est supérieure, écrasante. Nos lignes résistent, mais les pertes sont lourdes. Beaucoup de camarades sont tombés et la relève se fait cruellement attendre. La position est de plus en plus difficile à tenir, et chaque assaut est si meurtrier qu'on se demande combien de temps encore ce manège macabre peut durer. Impossible de lutter. Les munitions manquent. Heureusement que les Allemands prennent notre silence pour de la ruse.

« Ce matin, les renforts tant réclamés sont arrivés. Ce sont des types de l'Ouest, des Vendéens et des Poitevins. Un moment de soulagement et une joie enfantine ont un instant animé la troupe. L'humeur est vite tombée quand on a vu des garçons aux visages lisses et frais, à peine sortis de l'adolescence. Des bleus, des vrais, qui n'ont jamais connu le feu. Je n'en compte que vingt-neuf. On m'en avait promis le double. Les poignées de main sont nombreuses et franches. Les jeunes sourires découvrent des dents blanches. Les uniformes ignorent encore la couleur de la guerre. L'horizon ici n'est pas bleu. Il est sale, usé comme une vieille étoffe. Tout est noirci, brûlé, fumé. C'est ce qui frappe quand on arrive de l'arrière. L'absence de couleur malgré les pantalons rouges. La crasse et la boue ont tout recouvert. Les hommes ne sont plus que des mottes de chair.

« C'est sans doute terrible pour ces jeunes soldats. Ils avaient imaginé le pire, et ce qu'ils voient n'est pas dans le langage humain. Leurs joues sentent encore les baisers d'une mère, d'une sœur, d'un amour. Tout cela est admirablement injuste. On procède à l'appel : Passadille, Cavaignac, Lasserre, Santini, Calmette, Hoques, Astor... Les noms défilent et, derrière chacun d'eux, une enfance, une famille. Les noms s'empilent dans ma mémoire. Il faudra tout à l'heure parler à ces hommes avant de monter au créneau. Le feu, la trouille ; ça va venir. Le silence odieux qui précède l'assaut. Le bégaiement. La peur au fond du froc. Les pauvres bougres, je les plains silencieusement.

« Mon Dieu, que la tâche est âpre ! Les anciens me regardent. Ils savent. Je ne peux m'empêcher de voir, sous ces tenues bleu pâle, des vies gâchées, foutues. J'imagine ces visages et ces regards figés dans la terre froide ; que dire à ces enfants, que dire à ces cœurs qui palpitent ? Le cuir des courroies et des ceinturons grince encore. Ils semblent être déguisés et n'osent guère parler. Leur émoi est touchant.

« La besogne ici, c'est de tuer. Gagner la crête, ce bout de colline éventrée. Il n'y a plus de place pour les larmes. Les souvenirs, on se les garde pour habiller les rêves. Le passé, on appuie sa tête dessus pour trouver le sommeil. C'est tout. Il faudra sortir. Peut-être tomber.

« Escalader ces planches pourries, ce mur de glaise, puis vomir toute sa rage sur ce champ bossu et rongé.

Ignorer les balles meurtrières qui claquent de toutes parts. Certains cherchent dans mon regard, mon attitude, quelque chose de rassurant. J'aimerais tant leur donner un geste qui rappelle celui de la maison qu'on a quittée, un regard délicat et silencieux comme cette neige qui tombe. C'est impossible. Les yeux attentifs et durs, je les regarde sans faillir. Pas de mensonges ni d'affection. Ce troupeau de jeunes âmes est au front. Je suis leur chef. Je prendrai la parole. Je ne veux perdre ni mon temps ni mes hommes. »

Il a parlé à ses hommes simplement. D'une voix calme. Son ardeur à vivre a fait une belle impression. Les hommes l'écoutent. Rassemblés. Unis. Le timbre de la voix est grave. Quelque chose de théâtral. Les mots viennent facilement. Le regard est nerveux, le sourcil accentué.

« Soldats ! sachez que le plus terrible n'est pas la perte d'un camarade, d'un ami ; mais celle de l'honneur. Chacun de nos gestes sera gravé dans notre mémoire. Ici, rien ne s'efface. Jamais. Notre souffrance est grande, mais la victoire nous réclame. Elle seule doit guider notre cœur. Vous vous battrez, j'en suis sûr, avec le plus grand courage. Je ne veux pas être fier de vous. Je veux que vous soyez fiers de vous-mêmes ! Voilà votre victoire ! J'ai confiance en vous !

« Que sur cette terre reviennent les cris de nos enfants, les joies de nos femmes ! Oui, vous vous battrez ! Ni pour la gloire, ni pour les médailles… »

Le vent a secoué le drapeau. Dans ce bref silence, les hommes n'ont pas cillé.

« Gémir, pleurer, prier est également lâche.
Fais énergiquement ta longue et lourde tâche,
Dans la voie où le sort a voulu t'appeler.
Puis après, comme moi, souffre et meurs sans parler… »

Son regard clair est passé tranquillement sur chacun d'eux. Les vers de Vigny ont serré les gorges. La neige à présent marque les épaules et les képis d'une blancheur cristalline. Étranges pétales de douceur qui voltigent dans un parfait désordre. Les anciens n'ont pas bronché.

« Saluez votre drapeau maintenant, sans armes, mais avec votre amour de citoyens. »

Les armes reposées, les mains se sont levées. L'émotion est venue. Les paumes offertes aux couleurs qui battaient sèchement dans l'air.

« Je ne me souviens plus combien de temps cela a duré. Je ne garde que la beauté extrême de ces hommes et le bruit sourd des mains qui, en cascade, ont frappé l'étoffe.

« Là-bas, sur la gauche, les tirs ont repris. Le canon gronde méchamment. Des éclairs brefs allument la colline d'en face et nettoient le ciel encrassé. Ce sont les positions françaises qui se font entendre. Aucune information n'est passée. Aucun ordre reçu. Il faut se tenir prêts. Les tirs sont de plus en plus nourris. L'attaque semble être sérieuse. Les batteries allemandes répliquent violemment. Et ces soldats qui débarquent ; je redoute le pire. Que se passe-t-il ? Le silence dans le secteur m'inquiète. L'inaction m'effraie. Les lignes téléphoniques sont coupées depuis hier soir. Et aucun signe de mon agent de liaison. Je demande aux hommes de vérifier leur équipement, de se tenir prêts.

« Enfin la popote est arrivée, fumante ; les soldats s'y réchauffent et avalent le repas debout à grands coups de mâchoires. Peu de mots. L'haleine chaude des bouches et de la gamelle. Un semblant de bonheur. L'appétit des hommes est brutal. Les bouchées sont énormes et s'engouffrent avidement. Le pain se découpe. La mie est d'une blancheur magnifique. L'odeur, si particulière, évoque l'amitié, le partage. On sent que l'argent commence à manquer ; un repas se résume à un morceau de semelle avec un peu de soupe, un quart de boule et trois ou quatre biscuits. Les hommes ont surtout soif. Six bidons de deux litres pour la compagnie, soit à peine un demi-quart que l'adjudant Armengaud distribue avec le plus grand soin. Une eau qui sent le cadavre. Certains préfèrent la neige qu'ils ont fait fondre. La gnôle, surtout, vient remettre l'humeur. Les pieds cognent la terre pour y prendre un peu de chaleur. Le vent s'est levé et lance les flocons aux visages. Le froid se faufile sous le drap du soldat. L'hiver s'éternise et sa vigueur démoralise. L'eau ruisselle des abris ; les rigoles jasent ; c'est la musique familière de la tranchée.

« Soudain, un homme est arrivé. Sa course a mis un peu de chahut dans la tranchée. Le souffle court, le visage rouge, il s'est rué sur moi.

— Mon lieutenant !

« Je déplie rapidement le papier que l'agent de liaison vient de m'apporter. Stupéfaction ! Sur le papier encore tiède, une écriture fine au crayon :

« "Ordre d'attaque – La 11ᵉ Cie va profiter du mouvement qui se produit à 15 heures à notre gauche pour faire un effort et attaquer en entraînant la 10ᵉ Cie – Une offensive énergique est nécessaire."

« Je regarde ma montre. L'heure est passée de vingt minutes. Je le note aussitôt sur le papier. Je masque mal ma surprise et surtout ma colère. Je ferai bien sûr mon devoir. Mais ce qui me dégoûte, c'est d'être commandé de si piètre façon. Objectif, les tranchées allemandes. Mais, pour notre secteur, aucun soutien d'artillerie. Le spectacle va être grandiose. Une vraie boucherie. J'ignore combien de temps il faudra à notre commandement pour comprendre que, contre des réseaux de fil de fer, la bravoure et le courage des plus éclatants de nos soldats ne peuvent aboutir qu'à un inutile massacre. À vrai dire, nous serons au moins quittes pour que ce massacre ne soit pas le fait de nos propres batteries de 75 dont les tirs de barrage mal réglés coupent l'élan de la troupe, détruisent le matériel, enterrent les munitions et tuent nos braves sans états d'âme. Ainsi, malgré de multiples rapports adressés au commandement, qui n'en tient manifestement pas compte, ordre est donné aux artilleurs d'exécuter leurs tirs sur les tranchées de premières lignes allemandes, quelle que soit la distance de ces tranchées avec les nôtres. Nous, nous sommes à cinquante mètres.

« Les hommes ont vite compris. L'ordre est parti et court rapidement tout le long de la tranchée. Une compagnie pour deux cents mètres. Un homme par mètre courant. Voilà la théorie. Mais sur un effectif initial de cent soixante-dix hommes, celui de la 11e Compagnie, avec le renfort de ce matin, n'est plus que de quatre-vingt-neuf hommes, sept sous-officiers et deux officiers.

« Deux vagues en ligne d'une quarantaine de fusils chacune. Les mâchoires se ferment. Cependant certains ont encore le goût de blaguer. Quelques rires aux dents jaunies me surprennent. J'admire ces hommes à bout de forces qui trouvent l'audace de vivre avec une telle désinvolture. Ils n'auront jamais d'or à leur képi, mais ils iront se faire tuer tout à l'heure tandis qu'on joue au bridge dans la cagna d'un général. À l'un d'eux, qui finit de boire et suce le goulot de son bidon d'où se dégage une forte odeur de gnôle, je demande :

— À quoi pensez-vous, Jougla ?

— À une bonne paire de nichons dans les pognes, mon lieutenant, une frangine entre les jambes… Pardonnez-moi, mon lieutenant, mais j'en peux plus d'ce trou à rats.

— Mon vieux Jougla, vous avez vu comme moi les renforts. Les mômes ont une telle trouille qu'il va falloir ne pas mollir et m'aider à la tâche. Je compte sur vous, et Desfontaines aussi.

— Vous inquiétez pas, mon lieutenant, on leur dira d'changer d'caleçon ! dit-il, les yeux un peu fendus, tandis qu'un autre m'appelle :

— Mon lieutenant ! Y en a un qui chiale !

« Je m'approche du pauvre garçon. Il fait pitié à voir. Il est pâle. Le bas du visage gonflé. Ses mains serrent le fusil et le corps tremble tout entier. Il bégaie quelques mots inaudibles. Il ne faut pas s'attendrir. Je fais celui qui ne voit rien. Je le prends fermement avec moi.

— Tu seras de la première vague avec moi. Tu n'auras qu'à suivre. Allez, viens par ici.

« Je fais en hâte établir une mitrailleuse sur le petit mamelon autrefois boisé, et qui domine notre position. J'y envoie le sergent Grassié avec huit hommes. Je donne l'ordre pour une corvée d'eau. C'est la munition qui fait le plus cruellement défaut. Je donne aussi l'ordre de faire creuser quelques tombes.

« Des caisses de grenades sont ouvertes.

« Distribution.

« Les échelles d'assaut sont dressées. Un silence odieux s'installe. Les visages se crispent. Les mines sont graves. La rage monte. Les hommes sont prêts. Baïonnette au canon. On vérifie encore une fois l'équipement. On cherche une contenance. J'essuie l'eau de mes lorgnons sur le drap d'un mouchoir. Je revois la pile dans l'armoire. L'odeur du linge propre qui a séché dehors. La maison en Charente, la cour carrée avec ses citronniers, le portail, la vigne vierge, le jeune sophora, les jardins. Le bonheur simple des choses, des saisons. Et puis soudain ma femme, mon fils. Non. Ne penser à rien. La douleur est trop forte. Le nez dans la glaise où de pauvres racines dépassent.

« Tout est là.

« Encore un effort.

« J'y suis presque. Mes lorgnons sont à nouveau devant mes yeux. La guerre est là. Immobile. Inhumaine.

« Encore quelques secondes. La jeune recrue, à mes côtés, renifle. Il me regarde, les yeux rougis.

— Comment t'appelles-tu ?

— … Azard…

— Pardon ?

— Alazard.

— Alazard, mon lieutenant !

— Oui, pardon… mon lieutenant.

— Eh bien, Alazard, nous avons de la chance, nous serons les premiers à sortir.

— Oui, mon lieutenant.

— Et maintenant faites-moi plaisir, mouchez-vous, je vous prie.

« Il sort avec peine un mouchoir bleu pâle, me regarde et, gêné, baisse la tête pour se moucher, puis la relève. Je pose ma main sur son épaule. Un sourire effleure ses lèvres humides.

— Allez, un peu de courage !

« Quelques minutes. Avec un périscope j'examine la tranchée allemande. Ils n'apprécient guère et aussitôt envoient une bordée furieuse. La terre voltige de tous côtés. Devant moi il doit y avoir une mitrailleuse. Le danger approche, inévitable. Au fond de moi, la solitude du père. Je n'ai pas peur. Pousser ma vie sous les balles et l'y maintenir m'est devenu familier. Le spectacle de la mort a endurci mon cœur.

« J'ai eu peur.

« Je n'ai plus peur.

« Je suis las et me refuse à comprendre, à admettre l'absurde chaos du monde qui m'entoure. Le sang va couler, abreuver les sillons ; la terre est exsangue. Sans cesse fouillée par le crime. Le supplice continue. Le but de l'œuvre m'échappe. Tout semble affreusement inutile. Insensé. Criminel. Par devoir, je me tais. Dans un instant, je vais entraîner ces hommes. Plus un ne bronche. Admirables. Ces têtes anonymes, je les aime. Je regarde encore ma montre. Il est quinze heures trente. Le sergent Jougla a fait le même geste que moi. Quelques secondes… J'avale un bon coup de salive… C'est étrange, mais je n'ai pas peur. Je me sens d'une lucidité implacable. Une tranquillité qui m'étonne moi-même. Encore un peu de salive…

« La lame de mon sabre a jailli. Claire et froide. Tête rentrée, dos courbé, je me hisse sur l'échelle, prêt à bondir. La première ligne a suivi. En contrebas, la deuxième nous regarde, la ride au front, et nous aime de tous ses yeux. La solitude aussi vaste que fraternelle.

« Je surprends deux signes de croix.

— En avant !

« J'ai crié. J'ai bondi. Le sabre pointé au soleil manquant. L'assaut libère. Les hommes ont suivi. D'un seul bond, ils franchissent le parapet crayeux. Très vite, ils avalent le terrain, faisant vibrer l'air de leurs cris vigoureux. Là-bas, les fusils se couchent. Une rangée de bérets verts. Les Allemands tirent et s'en donnent à cœur joie. Les balles claquent. Le vacarme de la mitrailleuse assaille nos…

— Mon lieutenant !

« Que s'est-il passé ? La poitrine me brûle. La joue contre un bourrelet de terre, je sens le froid de la neige. Je suis enveloppé de douleurs et de ténèbres. Le choc des balles a coupé mon élan. Je suis tombé comme un sac. Déjà, le temps s'évanouit, le décor s'efface. Impossible de me relever ni même de bouger. Douleur aiguë, irréelle. Je sens une chaleur qui s'échappe. Sans doute mon sang. Une sueur froide me glace les aisselles. Le combat se poursuit sans moi.

« Je l'ignore.

« Je grimace.

« Une angoisse épouvantable refroidit tous mes membres. Les minutes s'installent, s'allongent. Mes doigts griffent la terre et se cramponnent à cette paroi imaginaire. Je n'entends plus le fracas des fusils et des grenades. J'ai le sentiment de partir à la dérive sur une mer glacée. Il faut tenir. Je respire mal. La douleur augmente. Des coups de poignard.

— Mon lieutenant !

« Qui m'appelle ? Deux hommes sont là. Des voix chaudes et rugueuses.

— C'est Languemard et Morette, première section, mon lieutenant, on va vous tirer d'là !

« Ils me glissent sur une toile de tente et m'emportent je ne sais où. Je ne vois qu'un bout de ciel gris et sale. Une fente qui s'ouvre et se referme à chaque secousse. Rien d'autre. Peut-être suis-je déjà mort. Non, ces gémissements sont les miens. Je suis vivant… Mon fils, Jacques… Jacques… »

3

Il pleut ce matin sur cette route qui traverse la campagne champenoise. Une pluie fine, obstinée, qui efface l'horizon, imprécis et perdu là-bas dans une encre bleu marine.

Dans les champs, les semis ont été hersés. Des parcelles aux géométries variées et pour ainsi dire cousues les unes aux autres s'étendent de chaque côté à l'infini, en épousant mollement les plis souples du terrain. De petits bois fournis d'épais taillis, isolés au milieu des cultures, viennent peupler par endroits le maigre paysage. L'étendue des espaces dessinés par la machine inaugure une grande mélancolie. La terre est pâle, crayeuse, la lumière est pauvre, filtrée comme au travers d'un tamis. Les nuages ont la couleur de l'ardoise, les branches nues des arbres se découpent nettement. Quelque chose de lugubre malgré les premiers jours du printemps.

Saint-Jean-sur-Tourbe, village désert, morne, où se dressent des maisons de pierre et de brique, des hangars de tôle, des silos, des pylônes ; la tristesse et la désolation sont grandes et semblent à jamais enfouies dans ce pays.

Le cimetière militaire est là, sur la hauteur. Terrible silence. Seul le drapeau en haut d'un mât se fait entendre. Le vent est violent, infatigable, et chahute la drisse qui cogne sans répit. Cette résonance, si familière aux bateaux dans le port, a ici quelque chose d'inattendu. J'ai passé la grille et suis entré doucement, intimidé par le nombre de croix blanches et grises, simplement dressées, identiques, alignées dans la plus grande humilité et la plus haute solitude. Deux mille quatre cents hommes, enveloppés de silence. Je marche parmi eux sur l'herbe rase. Je cherche la tombe de Grand-Père.

Les croix défilent sous mes yeux, les rangées se succèdent, les noms se suivent, Jean, Maurice, Gustave, Henry, Armand, Georges, Marie, de plus en plus vite, mon pas s'allonge ; le vent redouble et vient en rafales par le côté. Les cyprès, plantés naguère tout autour du cimetière, viennent d'être coupés. Aussi l'endroit est-il exposé à toutes les violences et à toutes les plaintes. Peu importe, la dignité ne craint ni la tourmente ni la tempête, elle règne ici, face contre ciel.

Des croix, mais aussi des stèles, et des noms, encore et encore, l'hécatombe. Frères d'armes, côte à côte. Il n'y a plus, à présent, de différence. Peu importe le grade, le milieu, il n'y a qu'une seule vérité : la mort. Elle est là, droite et fraternelle.

J'y suis.

La voilà. Première d'une rangée. Le nom si familier apparaît sans être lu. Tout cela est immédiat, intime.

Sous la pluie qui tombe et que j'ignore, j'imite le silence autour de moi. Une odeur d'usine et de rouille traîne dans la campagne. Rien d'autre que le vent, cela suffit. Peu de chose à dire. Le besoin d'être là, tout simplement. Je dépose un peu de temps, de vie, un peu d'amour. Je suis bien. Tout est calme, tout est vrai. Pas de prières, pas de regrets, mais quelques pensées semées au pied de cette tombe, un regard planté au centre de la croix, je contemple le siècle qui bientôt nous sépare. La lumière tout autour est devenue aussi grise que de la cendre. Enveloppé d'eau, le col relevé, les mains froides au fond des poches, j'ai attendu je ne sais quoi.

Puis j'ai marché vers l'église du village, dressée sur une butte entourée de quelques marronniers. C'était le premier poste de secours. La porte a grincé. La clenche en retombant a longtemps résonné.

L'humidité ici est à son comble. Les murs suintent, la pierre est rongée par le salpêtre. Une structure en bois soutient la partie centrale. Les fenêtres du chœur sont en lancettes très élancées. Deux vitraux en grisaille de part et d'autre et, au centre, trois autres illustrent la vie du Christ. La naissance, la mort et la résurrection. Tout autour, un chemin de croix sculpté raconte la mise au tombeau.

Je suis seul, assis sur un banc, entouré de silence, pareil à un profond sommeil dépourvu de songes. J'ai la patience d'attendre. La nuit peut venir, je ne la crains pas. Je n'essuie pas cette eau de pluie qui coule sur mon visage, jusque dans le cou.

La rumeur de la guerre est alors revenue. À ma place, les vies ont surgi, l'église s'est transformée en un champ de souffrance. Dans une lumière glauque, je les ai vus, ces visages hantés et grimés par la mort.

Combien sont-ils, étendus sur ce carrelage ? Une centaine, bien plus peut-être. Pas un espace de libre. Un enchevêtrement de corps, de dépouilles, d'inconnus. Des têtes couronnées de bandes, des pansements de gaze souillés de sang aux contours imprécis. L'odeur est âcre, suffocante. Des mélanges de chair, de viande, de tabac, d'excréments, de sueur, mêlés aux parfums nauséeux du camphre et de l'éther. Un, sans doute, vient de succomber. On l'enveloppe, on l'emporte. Les brancardiers vont et viennent sans relâche.

Un prêtre assiste les mourants. La barbe rousse, bien fournie, le sourcil épais, les prunelles aussi sombres qu'un lac de montagne. La peau de son visage est pâle. Les mains sont courtes et fortes. Il écoute, il attend. Murmure à cet instant des mots de prière étouffés par la rumeur sourde des voix et des corps meurtris qui gisent sur la toile des brancards. Et toujours la canonnade lointaine dont l'écho galope dans la campagne nue. Un refrain qui bourdonne inlassablement. Dans la gueule du poêle, on enfourne tout ce qui brûle. Il ronfle comme un vieux soldat foudroyé par la fatigue. Au-dessus, des linges pendent et sèchent. Quelques réchauds à alcool animent de leur flamme orange et vive ce parterre où la mort rôde et se rassasie. Ici, les hommes n'ont guère d'autres secours que le ciel et leur courage. Les injections de camphre se répètent et l'espoir s'amenuise. On craint la nuit, le sommeil. On attend le petit jour à travers les vitraux brisés, car il épouvante les cauchemars et caresse de sa lumière jeune et tendre ces âmes torturées.

Le médecin-chef est parmi eux. De petite taille, il enjambe les pauvres vies, se penche, se relève, disparaît, apparaît, frêle esquif sur une mer agitée. Que peut-il faire ? Rien. Donner sans relâche son attention, ses mains, son cœur, sa vie d'homme qui connaît la souffrance. Une cinquantaine d'années pèsent sur ses épaules légèrement voûtées ; sa blouse lui tombe assez bas sur les jambes ; les poches bâillent à force d'y cacher des poings serrés de rancœur et d'impuissance. Le visage hâve, le cheveu clair dépasse du képi ; une épaisse moustache dissimule la bouche ; les yeux sont fendus et rivés à l'impossible tâche.

Une femme l'a rejoint. C'est une religieuse dont la robe est taillée sobrement dans une laine épaisse et blanche. Le voile est noir ; une croix en bois, toute simple, offerte sur la poitrine. Ses gestes sont empreints d'un grand calme. Les mains sont fines et légèrement rougies. Elle n'est pas très grande mais une force tranquille émane de toute sa personne. Elle prépare des solutions, aide un blessé à boire, stérilise les seringues sur le réchaud à gaz, lève de temps en temps vers la charpente un visage grave où ses yeux bleu marine guettent, inquiets, le bruit du canon. Elle regagne aussitôt l'ouvrage ; des gestes sûrs, répétés, qui donnent l'impression d'un sang-froid exemplaire. Le sourire n'est pas avare mais discret. Le regard est chaud, aimant. Les joues un peu rosées, campagnardes. Elle distribue quelques mots entre les soins ; des paroles simples, courtes et pieuses. Les hommes écoutent sans entendre, la plupart s'en moquent, ils veulent ce visage penché vers eux, ces lèvres où brillent tant de promesses, de baisers et de tendresse.

« Ma sœur ! Ma sœur ! »

Son nom fleurit sur toutes les bouches, s'égrène comme un chapelet. Elle ne répond pas. Elle laisse faire, laisse croire. Chacun y va de sa prouesse. Un poilu de Monpazier à qui il manque la moitié de la figure se vante de l'épouser après la guerre. Les hommes ont besoin d'amour, de rêves, de femmes, de folies. Cruellement saignés, découpés, amputés comme de vulgaires morceaux de viande, ils tendent ardemment leurs regards vers le bonheur qui passe, s'agenouille, et prie.

« Ma sœur !... »

Les portes de l'église se sont ouvertes. Deux ambulanciers portent un brancard. Un homme allongé, dont les bottes dépassent. Le pantalon garance est crotté, trempé. La vareuse criblée de boue et de sang. On voit les trous dans l'étoffe, nettement ; cinq, à la hauteur de la poitrine. Le corps disparaît derrière un pilier puis de nouveau le voilà, dans le transept, brinquebalé, lourd et semble-t-il sans connaissance.

Grand-Père. On le dépose à terre près des bas-côtés. Il semble avoir maigri soudainement. Ses yeux un instant se sont ouverts, mais la vie semble s'y être évanouie.

Les mains du médecin-chef déboutonnent déjà l'habit. Il retire un carnet noir dont une balle a sectionné la tranche, ainsi qu'un large portefeuille en cuir souple, marqué aux initiales et visiblement troué à deux endroits. À l'intérieur, dépasse le papier de quelques lettres jointes à plusieurs photographies. La peau nue apparaît, puis les blessures, profondes et suintantes. Le médecin tâte le pouls et, sans manifester davantage d'émotion, prépare d'un air résigné une injection d'huile camphrée. L'hémorragie est si grande qu'elle ne laisse à ses yeux aucune chance. Quelques heures peut-être.

Le diagnostic est sans appel.

L'officier ne sera donc pas évacué.

« Mon corps est d'une lourdeur insupportable. J'ai le sentiment que mes jambes sont lestées de plomb. Une nuque brisée, incapable de soutenir ma tête où affluent en désordre l'épouvante et la douleur. Le cerveau ventousé par la peur qui hérisse le poil. Chaque respiration est un calvaire. Mes yeux entrouverts ont découvert la nef d'une église. Pourquoi ne suis-je pas dans un hôpital ? Des images à nouveau flottent devant moi. Des détails, les bribes d'un assaut, morceaux incandescents qui brûlent ma mémoire. La bouche incendiée d'une mitrailleuse ; la terre qui se dérobe sous mes pieds ; la chute si rapide et si longue. L'inévitable vertige, la lucidité froide et sereine du destin qui vous emporte ; les sens soudain endoloris par une étrange inconscience. Plus de crainte ni de lois ; le monde se retire, s'efface… Et toujours cette mitrailleuse qui crache le feu à un rythme décousu et endiablé ; puis de nouveau l'absence, un coin de ciel qui sèche sur un fil barbelé. Perte de connaissance, vide sans paroi ni fond ; du noir plein les yeux, comme de l'encre renversée sur les pages d'une vie. Ma vie, dont je cherche quelques éclats de lumière.

« Juillet… jours d'été, étreintes, musique douce des violons. Les enfants jouent autour des kiosques, les images se décollent, sautent dans ma mémoire. Est-ce ma vie qui passe ainsi devant moi ? Cette lumière trop abondante éclate sur le fronton. Dans les gradins, la foule est nombreuse, excitée. Tout autour, les balcons sont remplis, les tenues sont légères, les ombrelles sont claires, les coiffes et les chapeaux élégants. Les couleurs ont passé, voisines de ces terres cuites anciennes.

« La pelote claque sur le mur de face et revient sans rebond dans le chistera. Les mouvements sont vifs, les bras puissants ; la pelote à nouveau s'échappe d'un geste ample et souple, bloquée par un coup de reins qui fige un instant le joueur dans une belle attitude. Les courses sont rapides, les détentes magnifiques, ovationnées, l'adresse inouïe ; la pelote s'amortit et roule dans la gouttière en osier. Les passes s'enchaînent, soutenues et bravées par le public. Dans leurs tenues de toile blanche, ceintes d'une large bande de couleur rouge ou bleue, les équipes s'affrontent sous un soleil cuisant… »

Le liquide jaunâtre s'écoule de la seringue, lentement, accompagné par la rumeur du jeu et de la foule. L'œil mi-clos de l'officier s'est ouvert aussitôt. Les prunelles aussi pâles qu'une aurore boréale ; couleur froide et bleue, elles sont figées de douleur :

« Respirez... Respirez.

« Je ne sais pas qui me parle. Le médecin sans doute. Que veut-il que je fasse d'autre ? Je respire. C'est la seule chose qui pour moi ait encore un sens. Respirer. La bouche entrouverte, ça va mieux. L'air semble épais. Respirer, oui, certainement, je n'ai pas l'intention de m'arrêter. Mais, bon Dieu, quel effort ! Tête renversée, abruti par la douleur, je n'ai pas identifié tout de suite le bois peint d'un Christ au-dessus de moi, ramassé par la perspective, assez haut sur la verticale du mur. Sa tête penchée et couronnée d'épines surplombe ma souffrance. Ce corps nu et grêle, crucifié sur la croix, au regard si impassible et pénétrant, je l'observe avec effroi. Étrange dialogue où les mots sont absents. Mes yeux escaladent cette paroi lisse et noircie par des ombres vivantes. Je remarque l'entaille profonde sur le flanc droit. Puis mes forces décroissent ; mes prunelles chavirent et se perdent quelque part dans la voûte sombre.

« Je sens la fièvre de mes veines cogner la chair. J'entends chaque assaut de mon cœur. Le sang qui fuit. Je résiste. J'essaie de concentrer mon esprit sur une image précise, réelle, mais tout m'échappe. Je tremble. J'ai peur. Les flammèches d'or du réchaud à alcool que l'on vient d'allumer n'ont hélas aucune réalité. Elles dansent près de moi, mais j'ignore encore leur chaleur. Les os glacés, je me sens terriblement seul.

« Le visage d'une femme, d'une religieuse... Soudain la vie est douce et pleine de bonté. Une main sous la nuque soulève ma tête. Une chaleur humaine que j'avais oubliée. Mes paupières se ferment et, légèrement plus lourdes, gardent ce moment de bien-être qui lentement s'enfuit au fond de moi.

— Essayez de boire… Allons, un effort, cela vous soulagera.

« Comment ne pas aimer cette voix où chante un léger accent. Un timbre mûri au soleil. Poli par la pitié et la prière. Une onde pure teintée d'une indicible gravité. Je la vois à présent, tout près de moi, si près que son visage apparaît immense. Je le découvre aussi fébrilement qu'un adolescent son premier amour. L'expression est noble et vertueuse. Dans l'œil, noir et brillant, privé de sommeil, baigne une grande lassitude ; l'esquisse d'un sourire semble s'y être noyée depuis longtemps. La peau est pâle, légèrement rose, proche de ces pétales qui ont je ne sais quelle froideur.

« Le régime claustral a conservé à cette figure une certaine jeunesse où tout paraît si clair et cependant si mystérieux. Ainsi que le front, les pommettes sont hautes, le nez droit, les narines écartées, la bouche volontaire et large, les lèvres pleines et promises à Dieu ; rien dans ce visage n'est sévère et pourtant une grande austérité l'enveloppe. La beauté est secrète et plane sans bruit d'ailes, tel un oiseau de grande envergure.

— C'est bien… restez calme, je vais m'occuper de vous.

« Elle m'a fait avaler une dilution à base d'opium. J'ignore comment cela a pu se faire. Les organes troués, déchirés, hurlent à l'intérieur. J'ai le sentiment d'être asphyxié, privé d'air. Je ne vais pas pouvoir tenir. Je m'agite, agrippe la manche de la sœur infirmière. Que cela finisse ! Mes poings se serrent et de nouveau une douleur terrible. Est-ce ainsi que l'on meurt ? Sans rien voir, sans entendre la voix de ceux qu'on aime ? D'un geste rapide, presque de panique, je retire mes lorgnons qui serrent et marquent nettement le haut du nez. Cela me soulage un instant, mais l'air n'arrive toujours pas. Si, voilà un filet dont la fraîcheur mentholée gagne mes poumons. Mes narines se dilatent et puisent cette source de vie. Encore, encore, mes forces se rassemblent. Sans mes verres, tout est devenu flou ; étrangement supportable. »

La sœur infirmière a badigeonné les plaies à la teinture d'iode. Grand-Père a laissé faire. Sans crainte, plus relâché, la respiration apparemment plus aisée ; les binocles serrés dans sa main. Le pouce caresse obstinément la monture dorée…

… Soudain, des images reviennent en mémoire, la musique d'un gave dévalant la montagne ; Grand-Père, allongé sur le plat d'un rocher dans un costume de flanelle grise, la tête posée sur la robe légère d'une jeune femme à ses côtés. Sa femme, Odette, une vingtaine d'années, petite, la peau mate, l'œil vif, un tempérament solide. L'été au zénith, une étreinte, un baiser ; il n'y a pas si longtemps. La clarté du jour et celle d'un amour. La jeunesse du soleil, le tumulte des eaux ; puis leurs silhouettes qui descendent la pente parmi les arbres, les chemins de poussière, les cailloux qui roulent ; soudain un petit pont de bois, la fraîcheur des eaux qui les enveloppe aussitôt ; un regard, un lointain, la rumeur des cloches sur les hauts pâturages ; bientôt les toits d'ardoise, là-bas, dans la vallée… et ce pouce, toujours, qui frotte la dorure…

« Je viens d'entendre la voix du médecin-chef ; il a rejoint la sœur infirmière avec quelque chose dans la main. Une bande de caoutchouc, semble-t-il. Messe basse, intrigante. Impossible de voler un mot ; je fouille les deux visages, mais ma vue est insuffisante. Je ne distingue qu'une moustache qui remue. Corps impassibles, statufiés, dont j'entends le murmure, heurté par les cris, les grognements et les râles de tous les autres qui agitent tant bien que mal leur désespoir. Je tente de lever le bras pour remettre mes verres ; ce geste si simple, si proche, que je répète plusieurs fois dans ma tête, je suis incapable de le faire. Je crains de perdre ce petit courant d'air, pourtant nauséeux, qui parvient à mes narines. La sœur est venue s'agenouiller auprès de moi.

— Il faut ôter vos vêtements…

— Que dit le médecin ?

— Aidez-moi… votre bras à présent… là…

— Dites-moi…

— Laissez-moi faire… Soulevez un peu… Voilà… Très bien.

« Elle a ouvert délicatement ma vareuse, défait puis découpé ma chemise ainsi que le sous-vêtement. Le tissu part en lambeaux. Par moments je sens le métal froid des ciseaux sur la peau ; voilà qu'on me déchire, qu'on me découpe comme une vieille marionnette. Nous ne sommes pas plus, à vrai dire ;

il n'y a que la douleur qui nous éveille. Ils m'ont ensuite bandé la poitrine d'une lanière en caoutchouc pour arrêter l'hémorragie. J'ai laissé faire, mâchoires contractées, en regardant, tout en pleurant je crois, les étincelles s'échapper des flammes du réchaud, monter, vives et joyeuses, puis disparaître par magie, soudainement. Si je pouvais me fondre ainsi dans l'air. Bientôt la nuit va venir. Je la crains. Des heures immobiles, interminables, noircies de pensées sombres et douloureuses.

« La sœur m'a recouvert d'un drap épais qui empeste le formol. Elle m'a regardé un court instant sans dire un mot, avec beaucoup de pudeur et de compassion, et j'ai compris que nous pensions la même chose. Le destin cruel qui à présent est le mien. Elle m'a serré la main, puis elle m'a quitté lentement dans un doux bruit d'étoffe. Je suis resté là, les paupières mi-closes, à attendre les bienfaits de l'opium. Calmer cette braise qui brûle mes entrailles.

« Odette, chère et tendre femme, je pense à toi, à notre fils, Jacques, dont j'ai manqué les premiers pas ; à ton ventre rempli d'amour et d'espoir, à cet enfant qui va naître, peut-être ces jours-ci. Malheureuse histoire que la nôtre. La guerre a pris nos rêves et volé nos baisers. Que diront ces jeunes vies d'une si longue absence ? Et toi, chère enfant, que deviendras-tu ? Vous êtes mes dernières forces. Tenez-moi éveillé. Je ne dois pas me laisser aller.

« Les battants de la grande porte s'ouvrent et se referment dans un bruit amplifié et sourd. L'agitation au-dehors semble ne jamais s'interrompre. Des attelages, des chevaux, des mulets, des cris, des grincements de roues et de freins, des voix, des ordres, des sifflets, des coups de maillet, de hache, du bois qu'on décharge, qu'on fend et qu'on empile ; un incessant vacarme chaleureux et vital. La vie continue et les hommes s'adaptent.

« Je reprends quelques forces. La douleur s'atténue par moments. Le jour trempé de pluie et de rouille s'affaisse maintenant. Nous sommes plongés dans une froide incertitude. La nuit pourtant s'avance menaçante. Aussi lugubre et froide qu'une galerie souterraine. Un vieil homme passe allumer les lampes. L'huile des mèches grésille, puis quelques bougies sur un amas de cire fondue veillent ici et là.

« Je découvre mon voisin. Un jeune garçon, d'une vingtaine d'années peut-être. La tête bandée, les yeux clos, une barbe clairsemée de plusieurs jours. Vit-il encore ? Je me le demande. Son teint est si pâle que le pauvre est peut-être parti en silence sans déranger personne. Non, sa couverture se soulève imperceptiblement. C'est un soldat russe du 1er régiment d'infanterie. On distingue le col de sa vareuse. Il s'est endormi comme un enfant malgré le brouhaha et les jérémiades voisines. Je l'envie. Je suis assommé de fatigue mais impossible de me laisser prendre par le sommeil.

« Une odeur forte de cantine se propage et se mêle sans la dominer à la puanteur qui règne déjà ici. La roulante passe, poussée par un homme gras, petit et chauve. Une soupe jaunâtre, peu engageante. Il donne machinalement la ration d'un mouvement identique et élastique. Ceux qui le peuvent avalent aussitôt le maigre repas. Les autres attendent le secours de quelques femmes du village qui viennent à cette heure aider les malheureux à se nourrir.

« Celle qui vient à mes côtés est ronde, le corsage plein, les cheveux tirés dans un chignon aplati et chargé d'épingles. Elle relève la tête de mon brancard et, ce faisant, écrase mollement sa poitrine sur mon épaule. Je n'ai aucune envie et surtout pas la force de prendre ce breuvage.

— Merci, non… je peux pas.

— Y faut pas dire ça. C'est pas grand-chose, un peu d'chaleur tout d'même.

« Elle a porté le bol à mes lèvres. J'aspire timidement ce jus au goût de terre. Quelques morceaux viennent buter sur le haut de ma lèvre supérieure. Je laisse entrer le liquide que je sens glisser véritablement jusqu'à l'estomac.

« Elle parle, je l'écoute, de son lent parler champenois. Ses phrases cousues grossièrement tissent dans ma tête des souvenirs tièdes et odorants : les vapeurs du fumier, les flambées de chêne et d'acacia, l'odeur sèche des foins dans les granges, la beauté des charpentes, la rumeur des bêtes, le passage des pluies, les voix chaudes et ridées, les peaux cuites et blanches, la vertu des saisons, la chaleur des moissons, la poussière des battages, les victoires du soleil, la piquette des repas, la mie tendre des pains, les siestes à l'ombre fraîche, les corvées de bois, le silence des couchants, la fatigue du soir, le repos de la nuit et les étoiles entre les tuiles. La beauté du monde rural, là, dans ces gestes lents et simples, dans ces âmes généreuses et franches, qui malgré le mépris et l'orgueil des villes font tourner le monde et supporter les guerres.

— C'est qu'y faut ouvrir l'œil ! Y a l'fils à la Gennie l'aut'jour, not'voisin, qu'a pas trouvé mieux que d'voler une bête. L'a pas dix ans, c'est pas Dieu possible !... Les travaux aux champs, faut faire en plus l'gendarme. Vivement qu'tout ça finisse ! Oh, j'sais bien qu'vous autres, c'est pire... Quand on voit tout ça, on s'demande si y a un bon Dieu... C'est-y pas malheureux... Allez, encore un peu, reste plus grand-chose...

— Je peux pas...

— Comme vous voudrez... Mais vous tremblez, mon pauvre. C'est qu'y fait pas chaud dans c't'église... C'est ma cadette qui viendra demain vous faire la causette, elle s'appelle Albertine, nous on l'appelle Tinette. Voilà, j'espère qu'ça ira... Moi, c'est Thérèse. J'vous laisse à présent...

« Sa voix s'est enrouée ; elle a toussé légèrement puis a voulu, je crois, dire autre chose, mais les mots sont restés au fond de sa gorge. Elle s'est levée, a regardé rapidement à mes côtés le jeune soldat aux paupières closes, puis elle est passée à un autre lit, remettant machinalement une épingle dans ses cheveux et rajustant son châle sur ses épaules.

« L'église s'est remplie de paroles confuses, fiévreuses. Murmures, confessions, causeries, les conversations se lient, s'attardent puis se vident. Le silence revient peu à peu. Les lumières dansent derrière les verres. Les ombres sautent et s'allongent. Les fumées enlacent les silhouettes et vont stagner un peu plus haut, couvrant l'atmosphère d'un léger voile bleuté. Dans cet air vicié, aux émanations fétides, chacun retrouve sa solitude et sa révolte. La réalité s'obstine et frappe le calvaire de chaque homme aussi résolument que la mer les rochers.

« La douleur jaillit et efface aussitôt le monde autour de moi. Tout se gondole et se lézarde dans mon esprit. Les lointains se rapprochent, les reliefs s'esquivent, la fièvre gagne tout mon être. J'ignore combien de temps je suis resté ainsi. J'ai cru que tout était fini et que la nuit venait me prendre à jamais.

« Auprès de toi, Odette, j'aimerais m'allonger, imiter ton sommeil et vendanger tes rêves. Mon enfant chérie, ton amour me donne le courage de lutter. M'entends-tu ? Te reverrai-je ? C'est à toi que je pense, ma chère femme ; sais-tu à cette heure la grandeur de mon amour ? Auprès de toi je voudrais m'endormir comme un enfant, une joue sur ta poitrine, et même si les mots ne suffisent pas pour aimer, je voudrais te dire sans pouvoir m'arrêter : Je t'aime… Je t'aime… Je t'aime… »

4

À cette heure tardive, les rues de Paris sont noires et désertes. Les pluies de mars y déversent une grande mélancolie. Un brouillard estompe le haut des façades, et la bruine passe devant chaque réverbère dans un tourbillon de lumière. Un vent glacé chahute les enseignes et chasse vers les bouches de métro ou les portes cochères les rares silhouettes qui animent les rues.

Un homme au pas rapide, une trousse à la main, remonte la rue de Tournon et s'engouffre par la porte du numéro 21. D'une voix blanche mais nerveuse, il se fait connaître en passant devant la loge du concierge. « Au cinquième ! » répond une voix lasse et inconnue. Il retire son chapeau, laissant apparaître une chevelure indisciplinée, puis gagne les étages. De petite taille, la moustache grise, courte et moussue, le regard vif sous d'épais sourcils, tout son être semble rempli d'une vigoureuse énergie. Il lui faut peu de temps pour parvenir devant la porte qui s'ouvre déjà.

C'est une femme qui a ouvert. Une cinquantaine d'années, allégrement et fièrement portées, les cheveux remontés sur le haut de la tête, les traits gracieux et simples, l'expression est généreuse et bienveillante. Eva, la tante d'Odette.

— Ah, bonsoir, docteur, entrez, je vous prie, dit-elle en se reculant légèrement de l'encadrement de la porte. Nous vous attendions.

— Pardonnez-moi d'arriver si tard, lui répond-il, puis il ajoute : Comment va-t-elle ?

— Elle paraît moins fatiguée mais, vous savez, c'est difficile de la faire tenir en place. Comme elle savait que vous veniez, elle est allée s'allonger. Permettez que je vous débarrasse.

— Volontiers. Merci.

Tandis que tante Eva suspend le manteau à une patère, le médecin reprend son souffle tout en jetant un œil discret mais curieux à l'armoire pleine de livres qui se trouve à ses côtés.

— Suivez-moi, docteur.

Ils traversent un salon assez sombre où traînent quelques croquis sur carton, représentant des modèles colorés à la gouache de toiles basques et de lingerie fine ; puis la sallc à manger transformée en atelier de travail, où l'on peut voir, étalés un peu partout, des tissus à rayures bleues, mauves et parme pour linge de table fantaisie, et différents patrons, rubans, dentelles et fils. Une machine à coudre drapée d'une toile en train d'être piquée. Une paire de lunettes, des ciseaux, des cartons, l'atmosphère d'un travail interrompu où le désordre excite l'œil et séduit l'imagination.

— Excusez tout ce fatras, s'empresse-t-elle de lui dire, mais en ce moment il faut bien faire les choses chez soi, et seule ! Que voulez-vous, la guerre a mis toutes les femmes au travail !

— Il faut bien reconnaître que sans elles… Je veux dire que tout cela est admirable, toutes ces midinettes, ces ouvrières dans les usines de munitions, les postes, les autobus, les tramways. Il est vrai que les femmes sont aujourd'hui à la peine et font un travail tout à fait admirable…

— Mais très mal payé, docteur… très mal payé !

— Ah ça… répond-il, un peu interloqué.

Eva ne lui laisse pas le temps de poursuivre.

— Que voulez-vous, la vie est de plus en plus chère ! Si les femmes se mettaient en grève, il ne resterait pas grand-chose de ce pays, vous verriez !

N'osant pas s'engager sur ce terrain-là, il poursuit prudemment :

— On vient d'acheter, paraît-il, mille cinq cents kilomètres de drap bleu clair. L'armée parle de changer l'uniforme de nos soldats…

— Elle ferait mieux de changer nos généraux ! Avouez qu'ils ne sont pas très brillants. Il faudrait que ceux qui nous gouvernent soient les premiers à l'avant, la guerre serait bientôt finie !

— Il est vrai… Il est vrai… répond-il, la tête basse.

— Pardonnez-moi, docteur, j'oubliais que vous-même, vous êtes fils de général !

— Cela n'est rien, chère madame…

— Et dans quel secteur du front se trouve votre père ?

— Euh… Aux Invalides… Il est aux Invalides à Paris… Il y a d'ailleurs depuis ce matin du remue-ménage dans les rues…

— Et en quel honneur ?

— Le roi du Monténégro est à Paris.

— Eh bien, alors, nous sommes sauvés !

Le docteur ne peut s'empêcher de rire à l'ironie grinçante de tante Eva, puis, comme pour parfaire la raillerie, il ajoute :

— Sa Majesté a visité une usine avec le sous-secrétaire d'État à la Guerre, M. Justin Godart. Elle s'est particulièrement intéressée à la fabrication des obus… Chapeau melon sur la tête, canne à la main gantée, une figure assez disgracieuse, paraît-il, ressemblant davantage à un roi de la pègre, Sa Majesté a visité l'usine, assise dans une automobile, et, de sa voiture, elle a salué les ouvrières…

— Voilà un homme courageux !

Le médecin a levé les sourcils sans trouver autre chose à répliquer, puis il a soudain changé de ton et de sujet :

— On parle d'une grande offensive en Champagne avec les Anglais.

— Oui, j'ai lu ça dans le journal. Ça serait pas trop tôt qu'ils s'y mettent, dit-elle en arrivant devant la porte de la chambre. Pardonnez-moi, je passe devant vous.

Odette est assise sur un lit à montants, un moïse sur les genoux, dont elle regarnit l'entourage d'une fine dentelle.

— Bonsoir, docteur.

— Bonsoir. Comment allez-vous ?

— Il remue drôlement.

— À la bonne heure. Voyons cela.

Un court silence s'est installé, le temps que le médecin pose sa trousse sur une chaise et libère d'un geste machinal la fermeture de cuivre, brillante et usée.

— Je vous laisse, docteur, dit tante Eva. Si vous avez besoin de quelque chose, n'hésitez pas !

— Je crois que ça ira, chère madame. Merci.

— Mais, Vava, tu peux rester, tu sais. Je ne vais pas accoucher tout de suite !

— Si le bruit de la machine ne vous dérange pas, je vais à côté, ma chérie. Ces nappes ne vont pas se faire toutes seules.

— Regardez, docteur, ma tante est en train de lancer la mode de la toile basque. Des nappes, des serviettes de table, des espadrilles, des sacs à main, des sacs de voyage, des boîtes à couture… On ne vit ici que dans la rayure.

— Ma chérie, ne t'en déplaise, j'ai aussi l'intention de les faire sur de la porcelaine.

— Il y a un endroit, Vava, où tes créations seraient accueillies avec un grand bonheur.

— Ah oui ?

— Tu ne devines pas ?

— Ma foi…

— C'est à Cayenne, Vava… Au bagne !

— Docteur, je la laisse entre vos mains.

Le stéthoscope à la main, le médecin a commenté avec un léger sourire l'humeur des deux femmes. Puis tante Eva est sortie sans refermer complètement la porte. Le médecin s'est aussitôt assis près d'Odette.

— Votre tante a toujours le goût des choses originales, et qui d'ailleurs ne manquent pas de succès.

— Oui, docteur, il lui faudrait un atelier et des ouvrières, mais l'armée réquisitionne tout ce qu'elle peut, alors…

— En tout cas elle n'est pas à court d'idées ni d'ouvrage. Voyons si le cœur de ce bébé est aussi alerte.

Sur le ventre nu d'Odette, l'instrument en forme de trompette se déplace lentement. L'oreille collée à l'autre bout, l'œil attentif, le médecin écoute le rythme cardiaque de l'enfant. Odette détourne la tête vers la cheminée et pose son regard sur la photographie d'André, son mari. Il est là, souriant, assis dans un fauteuil en osier sur la terrasse d'une villa à l'ombre des tilleuls.

« Les Tilleuls », c'était justement le nom de la maison où ils étaient venus passer quelques jours en juillet dernier, villa de villégiature des parents d'André. C'est elle qui a fait cette photo avec le Folding de son mari.

Il faisait chaud ce jour-là, rue du Mamelon-Vert, dans cette station thermale des Hautes-Pyrénées. Depuis que Chateaubriand et George Sand y séjournèrent, les eaux sulfureuses et sodiques de Cauterets, réputées pour traiter les maladies des voies respiratoires et les rhumatismes chroniques, attiraient une bourgeoisie de plus en plus nombreuse, qui fit de la cure une mode. La venue de Sarah Bernhardt puis celle de Georges Clemenceau assurèrent définitivement la renommée des thermes.

Sous le porche de l'hôtel Continental, les chauffeurs manœuvraient avec adresse le châssis des berlines et des limousines. On y voyait des hommes et des femmes aux toilettes élégantes, aux accents venus de Russie, d'Angleterre, d'Espagne et d'Italie. Sur l'esplanade en face du casino, les terrasses des cafés étaient le rendez-vous obligé des fins d'après-midi où le soleil peignait amoureusement l'écorce des platanes d'une chaude couleur ocre. On y parlait de choses légères autour d'un verre d'absinthe, on y fumait les tabacs d'Orient, les cigares de La Havane, on y riait pour montrer qu'on ne s'ennuyait pas, les femmes étaient belles et se faisaient admirer, se laissaient aimer, tandis que les hommes ne manquaient ni d'audace ni d'argent.

André s'était levé pour prendre l'appareil des mains d'Odette et faire avancer le film à la prochaine pose. Accoudée à la balustrade de bois peint qui surplombait le jardin, elle contemplait le lit d'enfant dans l'ombre douce des tilleuls. Son fils Jacques y dormait profondément tandis qu'à ses côtés le père d'André s'était assoupi dans une chaise longue, un chapeau entre les genoux. Le tableau paisible de cet enfant enveloppé de sommeil et de paix, bercé par le bourdonnement incessant des abeilles dans la glycine et la vigne, avait fait frissonner Odette d'un bien-être dont les mères ont l'intime et secrète jouissance.

Le jardin n'était guère entretenu. L'herbe était haute et couchée par endroits. Les rejets d'un acacia sauvage se développaient ici et là dans la plus grande liberté. Au fond, plusieurs pieds de céanothes et de roses trémières couraient le long d'un mur mitoyen.

Dans l'allée, la mère d'André regagnait la maison, des fleurs à la main, alors que son fils pénétrait déjà dans le salon où la demie de deux heures sonnait à l'horloge.

Céleste, la domestique, ramassait sur un guéridon des tasses à café qu'elle posait délicatement sur un petit plateau carré en bois noir verni, où l'on devinait quelques fins motifs d'inspiration sans doute chinoise. Des cheveux cendrés, coiffés à la vierge, sur une figure longue et marquée par la rudesse d'une vie entièrement vouée au travail, donnaient à sa physionomie quelque chose d'attachant. Sa façon lente et soigneuse de se déplacer imprimait involontairement une certaine gravité au temps qui passe.

— Si Monsieur André désire un autre café, je vais en refaire. Celui-ci est bientôt froid, dit-elle.

— Non, Céleste, répondit André en refermant l'étui en cuir de son Folding, vous pouvez débarrasser.

— Bien, Monsieur.

— D'ailleurs, si nous ne voulons pas manquer la pelote, il ne faudrait pas tarder, ajouta-t-il en consultant sa montre.

Puis il appela :

— Odette !

— Chut ! murmura celle-ci en entrant dans la pièce, j'ai entendu ! Cette habitude de parler fort... Ton père et Jacques se reposent dans le jardin.

— Il est bientôt trois heures, répondit-il à voix basse.

— Oui, nous y allons, chuchota-t-elle en arrangeant sa coiffure dans un miroir.

La mère d'André entrait à son tour, tenant toujours à la main les fleurs cueillies dans les herbes du jardin.

— Pensez à prendre un chapeau, à cette heure-ci le soleil est mauvais ! dit-elle.

Et avant même qu'Odette n'ouvre la bouche, elle ajouta :

— Soyez tranquilles, je m'occupe de Jacques.

Ils descendaient à présent les marches, puis le raidillon bordé d'aubépines qui menait à la rue. Là, plusieurs groupes se dirigeaient vers le fronton pour assister comme chaque dimanche à la partie de pelote basque. Le son jovial d'une fanfare annonçait au loin l'humeur de la fête.

Après s'être attardée un instant à les voir partir et disparaître parmi la foule, la mère d'André referma la porte d'entrée, et arrangea ses fleurs dans un vase.

À Paris, à côté du cadre de la photo d'André, un bouquet presque semblable a séché. Le médecin est déjà en train de refermer sa trousse, tandis qu'Odette, assise sur le bord du lit, se rhabille, puis se lève.

— Le mieux pour vous, en ce moment, c'est le repos, lui dit-il. Éviter surtout les escaliers, et un bain tiède en cas de fatigue vous fera le plus grand bien. Mais, rassurez-vous, il n'y a pas d'inquiétude à avoir : le bébé se porte à merveille et se présente dans le bon sens.

— Souhaitons qu'il vous entende, docteur, et qu'il vienne vite car je n'en peux plus, répond-elle, les mains sur le ventre.

Elle ouvre le tiroir d'un secrétaire et prend dans une boîte en fer de quoi payer le médecin.

— C'est bien cela, je vous remercie, murmure-t-il avec un peu de gêne.

Il met l'argent rapidement dans l'une de ses poches et d'une voix plus posée, presque grave, il demande :

— Avez-vous des nouvelles de votre mari ?

— J'ignore sur quelle partie du front il se trouve. On ne sait rien, vous savez. On apprend tout avec trois, quatre, cinq jours de retard. Que voulez-vous que je vous dise ? Il est vivant, il est mort ? Je n'en sais rien. Le prochain courrier me fera encore espérer qu'il revienne et me fera attendre des journées entières un autre courrier qui viendra ou ne viendra pas. Voyez-vous, docteur, je ne me plains pas ; je sais seulement que j'aime mon mari, mon fils, et que je désire cet enfant.

Elle a dit cela simplement, sans émotion et avec un léger sourire. Après tant de franchise et de clairvoyance, le médecin ne sait guère trop quoi dire. Le sourcil levé et la lippe légèrement retroussée, il lâche avec beaucoup de compassion et peu de voix un « bien sûr » qui exprime l'étendue de son désarroi et le mal qu'il a à poursuivre la conversation. Il baisse les yeux en cherchant comment il pourrait échapper à ce malaise, remplit le silence en toussotant discrètement et reprend très vite un ton professionnel :

— En cas de fatigue, n'oubliez pas, des bains tièdes !

Puis, forçant quelque peu sa bonne humeur, tout en se dirigeant vers la porte, il ajoute :

— Encore un peu de patience et de courage.

Et tandis que la cadence irrégulière de la machine à coudre se fait entendre, Odette tend la main au médecin qui la prend en s'inclinant légèrement.

— Au revoir, bredouille-t-il en franchissant le seuil.

Odette reste un instant adossée au chambranle, le regard perdu et fixe. Dans la salle à manger, la voix claire de tante Eva domine celle du médecin, qu'elle accompagne jusqu'au vestibule où ils parlent encore un moment. Puis la porte d'entrée claque et le verrou se ferme.

Odette sort alors de sa rêverie, prend trois feuilles de papier à lettres dans le secrétaire, ainsi que de l'encre, une plume, et approche une lampe dont elle règle la flamme. Elle se met à écrire. Tante Eva l'aperçoit par la porte entrouverte. Elle la regarde un instant, et un léger mouvement de paupières exprime en silence toute l'inquiétude et la tendresse qu'elle éprouve pour sa nièce. Elle s'efface sans bruit tandis que la plume gratte énergiquement le papier.

Mon mari bien-aimé,

J'ai bien reçu hier matin ta carte du 23 de Châlons-sur-Marne et hier soir ta lettre du 24. Tu imagines mon étonnement en apprenant que tu étais dans la Marne et encore plus ma stupéfaction en croyant comprendre que tu étais passé par Paris, ou en tout cas bien près. Je n'ai pas besoin de te dire combien mon cœur s'est serré à la pensée que tu es passé si près de moi sans que je puisse seulement te voir et t'embrasser quelques minutes.

Nos sept mois de séparation m'ont paru bien lourds hier soir, je l'avoue, mais maintenant je pense que ce transport un peu mystérieux était nécessaire et que je n'ai pas le droit de me plaindre ; tu as dû en souffrir autant que moi, et tu souffres chaque jour… Pourvu que tu reviennes, c'est le principal. Pour le moment ton devoir passe bien avant moi, je le sais. Il me semble comprendre d'après ta lettre que vous ne tarderez pas à retourner au feu. Qui sait vers quelle partie du front vous allez être dirigés. Reims, Perthes, l'Argonne, l'Alsace ?

Continue à mettre les mots en grec. Tu pourrais aussi mettre des points sous les lettres ; en les réunissant j'en ferais des mots, des phrases que tu n'oses pas écrire. Beaucoup d'officiers le font, et je t'assure qu'il y en a bien peu d'aussi stricts que toi. Mais ne va pas croire que je t'en blâme. Je sais qu'il faut s'armer de patience et vivre à peu près dans l'ignorance ; et je fais mon possible pour être à ta hauteur, toi qui sais si bien te plier à la consigne et qui restes plein de confiance.

Ta photographie est sur la cheminée de la chambre. Hier, Jacques levait les bras au ciel et criait, trépignait et imitait le bruit des baisers pour nous faire comprendre qu'il voulait t'embrasser. Il a promené ta photo dans ses bras pendant dix minutes, t'embrassant toujours, et disant : « Papa ! Papa !… »

Cela m'attendrit aux larmes. Quel amour ! Le médecin est venu ce soir. Il m'a trouvée très bien. Je t'en parlerai plus longuement dans ma prochaine lettre. Au revoir, mon aimé si loin de moi. Pense à moi, mon cœur te suit où que tu ailles. Sache bien que, si je t'avais vu, j'aurais été assez courageuse pour ne pas me laisser aller et qu'au contraire je t'aurais bien dit combien je suis fière de te voir faire ton devoir.

Jacques te met ses petits bras autour du cou et moi je t'embrasse comme je t'aime, mon grand, mon cher mari.

Ton Odette

P.-S. : Je suis contente que mes paquets arrivent si vite. Je t'en envoie un autre demain, contenant de l'eau de Cologne, un savon et deux paires de chaussettes.

Quand elle a fini, elle relit ce qu'elle vient d'écrire, plie la lettre et la glisse dans une enveloppe. Elle y marque soigneusement l'adresse, puis elle écoute les bruits feutrés de la nuit. Jacques dort dans la chambre d'Eva ; tout semble si calme, et pourtant, à cet instant, elle tressaille, saisie d'un effroyable pressentiment : la mort de son mari. Que ferait-elle alors ? « Non, non, tout cela est absurde et d'une grande faiblesse de ma part », pense-t-elle, s'en voulant déjà d'avoir succombé à des idées aussi noires. « Le deuil n'est pas pour une jeune fille de vingt-deux ans », se répète-t-elle.

Les pertes dans l'armée française sont importantes et les officiers paient un lourd tribu. Elle sait tout cela, mais se refuse à imaginer le pire. Il est impossible qu'il ne revienne pas près d'elle, à quelques jours d'une naissance que l'amour a scellée. Il est en vie, c'est certain, et chaque mouvement du bébé dans son ventre vient le lui dire en secret.

Odette ne peut se résoudre à faire de la gare de l'Est, où ils se sont quittés, la dernière image vivante de leur bonheur. Et cependant, ce soir-là, devant cette lettre cachetée, elle pense à cette chaude journée du mois d'août.

L'affluence était grande. Un remue-ménage extraordinaire soulevait une fine poussière grise. Les hommes montaient à l'assaut des wagons dans un vacarme et un désordre magnifiques. L'été rayonnait encore sur les visages et inspirait une humeur joyeuse. On ne pouvait pas croire que ces hommes partaient à la guerre tant leurs mines semblaient insouciantes et réjouies.

Ils s'étaient embrassés, là, devant cette voiture bondée où les cris et les rires fusaient. Le cœur battant, elle l'avait regardé monter puis apparaître dans un coin de fenêtre. Il avait été gêné de cette attente, et lui qui n'aimait guère se donner en spectacle ressemblait à cet instant à un spectateur qui soudain se retrouve sur scène malgré lui. Elle en avait souri. Les mouchoirs déjà s'agitaient. Le train souffla comme un fauve et lâcha quelques nuages de fumée. Les porte-voix lançaient par vagues des ordres dont tout le monde semblait se moquer éperdument. Des bras se tendaient, des doigts se touchaient, des cœurs bondissaient, puis le train s'ébranla dans un bruit sourd d'acier, accompagné de chuintements, de murmures et des ronflements d'une combustion qui annonçait en cadence l'imminent départ.

Sur le quai noir de monde, Odette était sans cesse bousculée, entraînée par les mouvements imprévisibles et les débordements soudains d'une foule criarde et émue, mais elle ne se laissait pas faire et résistait vaillamment, en jouant des coudes et des épaules, à cette marée humaine qui l'écartait de la voiture et surtout de la fenêtre où se tenait André.

« Écris-moi ! » lui avait-elle lancé, tandis qu'un coup de sifflet retentissait dans l'atmosphère surchauffée. Elle avait sorti un petit mouchoir au dernier moment et l'agita en lui envoyant furtivement quelques baisers. Ce n'était pas dans son tempérament de pleurer ni de s'apitoyer. André était fier de ce bout de femme qui le regardait avec autant de certitude et d'amour. Quoi qu'il arrive, leurs vies étaient liées, avec cette lumière des âmes scellées pour l'éternité. Leur regard ne disait pas autre chose. L'amour était bien plus fort que la guerre.

Par les fenêtres étroites des wagons, une multitude de bras et de mains tendus, de chapeaux et de casquettes offrait un au revoir vibrant. Le train roulait au pas et chacun suivait tant bien que mal le visage aimé. André agita la main et lui adressa un baiser juste avant de disparaître. Odette continua d'agiter son mouchoir dans l'espoir qu'il le vît encore flotter au loin. Puis le train prit de la vitesse, et le destin de tous ces hommes se confondit en une longue traînée sombre qui effaça un peu le jour.

5

Avec une lenteur désespérante, le jour naît là-bas, sous d'épais nuages noirs. La neige recouvre les traces de la guerre qui paraît moins sale pour quelques heures.

Tout autour des maisons, sous un fardeau de brume, règne une atmosphère fantomatique. Le village de Saint-Jean semble avoir perdu la vie. Tout est givré, durci et vide.

Le canon s'est tu. L'aube se hasarde dans les rues, craintive et blafarde. Trois hommes empilent sur une charrette des cercueils en bois clair et encore vides. Dans le petit cimetière qui entoure l'église, le prêtre est occupé à fendre des planches. À chaque coup de hache, sa bouche rejette une épaisse buée ainsi qu'un léger râle. Sur la neige, la soutane paraît d'un noir profond et mat. La clenche d'une porte résonne brutalement et deux brancardiers apparaissent, portant le corps d'un soldat enveloppé dans une toile bise. Ils le posent machinalement à terre et allument une cigarette en se penchant à tour de rôle vers la flamme.

Bientôt les cercueils sont déchargés et empilés le long d'un mur. Malgré le froid, l'odeur du pin est forte. On sent la résine à plein nez. Le pauvre sac est à présent déposé dans l'une des caisses. Un numéro peint sur la planche, le couvercle rapidement cloué. La besogne est journalière, déprimante, tout comme cette lumière cousue d'ombres bleues et froides, et qui paraît inconsolable.

Le prêtre entre dans l'église avec une brassée de fagots. Une moiteur âcre s'élève au-dessus des corps rassemblés et gisants. À l'aide d'un tison, il remue les cendres du poêle, réveille quelques braises et engouffre le petit bois. Une épaisse fumée jaune s'échappe aussitôt, que l'abbé tente en vain de dissiper, puis, après avoir soufflé et toussé maintes fois, il aperçoit les pointes des flammes jaillir du foyer qui ronfle maintenant pour le plus grand plaisir de tous les hommes.

Près d'un pilier, assise sur un tabouret, une femme tricote, les yeux rivés à son ouvrage. Les mailles s'enchaînent avec un léger bruit d'aiguilles. Volontaire pour la nuit, elle attend patiemment la relève. Les petits matins sont souvent ainsi, enveloppés d'un calme étrange. La douleur semble à marée basse. La plupart des hommes trouvent à cette heure un brin de sommeil. Après des nuits pleines de peur, de plaintes et de délires, quand les premières lueurs du jour sont levées, ils s'apaisent enfin et se laissent gagner sans crainte par le sommeil.

Le prêtre se dirige maintenant vers la sacristie. Les mains jointes, proches des lèvres, il avance sans bruit. Ses pas se dissimulent sous l'effet de la robe. Il s'arrête au pied de la croix, lève un instant les yeux au ciel et se frappe discrètement la poitrine. Nul n'entend ce qu'il dit. Il est seul, recueilli. L'attitude est empreinte d'une belle gravité et cependant l'expression n'en laisse rien paraître. Cette peau diaphane sur laquelle pousse une barbe rousse contraste avec la noirceur de l'habit. L'émotion, toujours cachée derrière un regard brillant comme de la soie, semble pénétrer sous la peau aussi naturellement qu'une pluie sous la terre.

Aumônier de première ligne, l'abbé Birot n'a pas trente ans. Après de brillantes études de lettres qu'il interrompt à cause de la maladie, il décide d'entrer au séminaire. Son intelligence y est vite remarquée et on le retrouve à la cathédrale d'Albi, où il est jeune curé jusqu'à la déclaration de la guerre. Volontaire pour le front, il choisit d'être au plus près du feu et des soldats de première ligne. Il est à présent au cœur de la vie, ou plutôt de la mort. Forgée par la vision quotidienne de la douleur et du supplice, la foi du jeune prêtre est inébranlable.

La souffrance des autres oblige à une sorte de renoncement. Chacune des personnes qui viennent aider aux soins, aux repas, aux veilles le sait bien. Il y a là quelque chose de naturel, d'humain. Rien de spirituel ni de religieux, mais plutôt un certain courage pour affronter cette monstrueuse réalité. Devant tant d'abomination, la pensée se résume à un cri. Et au-delà de ce cri, il y a la foi, révolte contre la perversité et la lâcheté des choses humaines.

La guerre qui survient ne fait que renforcer l'élan de l'abbé Birot. Il se rend vite compte de la médiocrité du commandement, miné par les jalousies, les rivalités et les ambitions personnelles. Tout cela au détriment de la troupe qui paie chaque jour de son sang l'incompétence des chefs.

Dans l'église, une lumière oblique et froide baigne le bas-côté. L'abbé passe tout près du lit d'André. Le vent léger de la soutane vient frôler l'officier qui ouvre les yeux à cet instant. La paupière lourde rétrécit l'œil. La prunelle grise est immobile. Sur la peau luisante perle une sueur fine. Sa main, aveugle, se déplace lentement vers la boîte où se trouvent ses effets personnels. Son portefeuille d'abord, que ses doigts auscultent avec minutie. Ils s'arrêtent à chacun des impacts et fouillent avec obstination le trou dans le cuir. Chaque détail est grossi par la douleur et devient gigantesque. Mais cette énormité fait comprendre mieux qu'un mot, qu'une phrase, toute la détresse du lieutenant. La pensée d'André est là, ouverte, lisible à chaque mouvement. Au bout de ses doigts, la vérité se lit tout entière.

Il tient maintenant dans la main son carnet noir. Les noms de ses hommes y sont consignés d'une écriture fine et appliquée. Une escouade par page. Sa main tremble et effleure l'entaille de la reliure cartonnée. La montre est dans son étui et semble indemne. Entre le pouce et l'index, il remonte le mécanisme, lentement. Le bruit est doux, régulier. Soudain un fracas épouvantable réveille d'un seul coup toute l'assemblée. Des bruits de verre, de tuiles. Un obus vient de tomber tout près. Les Allemands bombardent le P. C. que la brigade a installé dans une ferme voisine. Leurs espions font bien leur travail. Le village est arrosé de toutes parts. Sur la droite, sur la gauche, ça se déchaîne, ça gueule, tout cela n'est pas très précis mais fait un boucan du diable. Les yeux d'André ne quittent pas la charpente qui peut être soufflée à tout moment.

Les abris se sont vite remplis. Dans les caves, les vies se rassemblent, les pleurs se prolongent, les amours naissent aussi parfois ; là, deux adolescents, qui profitent du noir, se touchent, s'embrassent, et la guerre soudain ressemble à une idylle brève et secrète, où le désir gonfle le corps des jeunes filles. Les poitrines trouvent une main caressante, la tourmente au-dessus paraît alors si futile. Le danger n'est plus de perdre la vie, mais l'amour. Jeunes gens aux visages lisses et tendres, qui n'écoutent que leur cœur, leur sexe, jeunes puceaux et pucelles aux rêves dilatés, voilà ceux qui sortent vainqueurs, car l'amour les enveloppe, les aveugle, et tandis que les obus grondent et creusent les tombes, leurs baisers sont d'une incroyable douceur.

L'église s'est remplie aussi de femmes, d'enfants et d'hommes aux visages tannés par le vent et le soleil, creusés par le travail. Un chien a suivi et rôde parmi les blessés. Des râles épouvantent les gamins qui braillent sous les jupes des mères.

Les brancardiers se précipitent dans les rues. Un obus est tombé sur la maison des cuisines. Des corps sont étendus, couverts de poussière et de sang, des cris atroces sortent des décombres. Les murs bavent des jus immondes. Les blessés sont évacués. Le cuisinier est là, la moitié du ventre sur le trottoir. Il va mourir. Là-bas, un bras sectionné pend dans la charpente, ici, une jambe dépasse d'un amas de pierres ;

il faut faire vite, mais le bombardement continue de mettre le feu au village. Des fumées noires s'échappent. On éteint les débuts d'incendie avec des seaux, l'eau est rare. Des pelletées de neige font aussi l'affaire. La guerre se vide comme un baquet d'eau sale, d'un geste usé mais solide. Les obus sifflent, explosent, et soulèvent le ciel poisseux et jaune. Une meute odieuse hurle et dévore le village.

Par miracle l'église n'a pas été touchée. La sœur infirmière, les yeux clos, à genoux devant la Vierge, est en train de prier. Les brancardiers passent avec d'horribles chargements mais rien en cet instant n'altère le visage de cette femme. La foi s'y réfléchit comme dans une eau calme et pure. Rien n'est plus étonnant parmi ces grondements, ces pleurs et ces râles, que cette figure dénuée de toute plainte, habitée par un amour inaccessible et serein.

André écoute le vacarme, les traits crispés par la douleur qui ronge son corps. Le jeune soldat russe à ses côtés le regarde, l'œil au ras du pansement. Un de ces regards terribles de chien battu qui cherchent désespérément un peu d'amour sans oser le réclamer. Un de ces regards qui soulèvent l'âme, vidés de tout espoir, de ces yeux immobiles et suintant la misère, où nage la pitié, prunelles sombres et brillantes, plantées comme deux banderilles sur le temps qui passe.

André a tourné la tête vers le jeune homme, aimanté par l'étrange instinct qui nous fait sentir les choses avant de les comprendre ; il a vu passer une ombre, aussi furtive qu'une hirondelle coupant en biais le soleil – ou bien n'était-ce qu'un battement de cils ? Le jeune soldat russe vient de mourir, seul, loin de chez lui, les lèvres entrouvertes. La vie s'est enfuie sans un bruit de ses yeux d'enfant qui ne voient plus.

Les tirs ont cessé. On quitte les abris. La place du Russe est vide.

L'abbé Birot est apparu, revêtu d'une aube et d'une étole ; il s'apprête à dire la messe de ce dimanche matin. Un drap blanc jaillit de ses mains et recouvre bientôt l'autel. Il chasse lentement les plis puis sur cette blancheur immaculée pose son missel dont le cuir culotté brille légèrement. Les fines feuilles au liséré rouge sang lui donnent une présence toute particulière.

À quelques mètres de lui, André observe tout cela avec une attention extrême. Il puise ses forces dans chacun de ces détails que la vie forme devant lui. Le moindre mouvement est une aubaine, les yeux s'y collent, l'esprit s'y attache, s'y enchaîne, s'acharne à répéter les mêmes choses afin de ne pas succomber au vertige du délire. Combien de temps encore à braver ainsi le destin, à croire à je ne sais quel miracle ? Il ne craint plus la mort dont il a vu maintes fois le visage. Non, ce qu'il craint, c'est l'attente, la nuit, l'aube, le jour, flottant les uns derrière les autres comme des balises sur la mer. Ne rien espérer, voilà, pense-t-il, la seule voie du bonheur. La grande sagesse qui soulage et diminue la souffrance. Mais comment ne pas rêver de morphine et de champs de pavot ?

André ne supporte plus son corps devenu trop lourd. Il aimerait à cet instant se lever, aider le prêtre à préparer l'office, être cet enfant de chœur à qui sa mère enjoignait autrefois d'aller servir la messe et qui s'y résignait de mauvaise grâce, ignorant tout de l'ordre et des gestes de la célébration. Guettant désespérément les signes, les œillades du prêtre pour agir, tremblant de peur et de honte, craignant le moment des burettes, celui de la clochette, attendant les lectures et surtout le sermon afin d'être tranquille comme tout le monde pendant un bon moment. Il les voyait, ces têtes de circonstance, ces regards absents, ces yeux mi-clos par un sommeil tout religieux. Quelques pauvres âmes, dont sa mère, écoutaient les paroles du curé avec beaucoup de gravité et de constance. Il se souvient de l'église, de l'ennui terrible qui y régnait, même pendant les chants. Il ne comprenait pas pourquoi tout cela devait être aussi triste. Aussi grave. On parlait de résurrection, de joie, d'amour, et tout le monde semblait accablé. Il se demandait à quoi les croyants pouvaient bien croire d'une manière aussi affligée et sombre. C'était une énigme. Et ce qui le frappait encore davantage, c'était de voir à la sortie de la messe toutes ces figures soudainement réjouies.

Rien n'a changé ; les gestes sont les mêmes en ce dimanche matin. L'abbé Birot, mains jointes, se retourne vers l'assemblée, écarte légèrement les bras, puis de sa main droite, figurant la croix, il dit clairement : « *In nomine Patris et Filii et Spiritus Sancti…* » Les voix sourdes et rauques des hommes se rassemblent et répondent : « *Amen.* » L'église a tremblé. La messe est dite, mais sur tous ces visages tournés vers l'autel ou fixés droit devant, levés au ciel, fermés ou aveugles, il se passe quelque chose d'étonnant : la prière unit les âmes, chrétiennes ou pas, croyantes ou non. Tous les hommes sont immobiles comme la pierre. Pas un ne bronche. On repense au silence qui précède l'assaut. Champ de bataille, d'honneur et de misère, où les hommes et les rats se côtoient dans la mort ; images muettes de soldats qui courent, qui titubent et qui tombent, d'un bras levé implorant une mère, corps disloqué, avalé par la terre, rien n'est plus précis et mémorable que la douleur. Ceux qui manquent sont tous là, ça se sent, chaque soldat porte en lui une multitude. Les hommes sont devenus des camarades inséparables sous le feu, la guerre les a nourris de cette fraternité si démodée habituellement.

Dans l'église, les voix montent, humaines et chaudes. Elles vibrent et suivent à tâtons le latin des prières, marmonnent des sons, des syllabes, convoitent seulement la mélopée. Peu importe, la musique longe les murs et ressuscite les cœurs. Le prêtre lit l'Évangile. Sa voix régulière et mate s'élève au-dessus des douleurs lancinantes. Les regards sont amers, mordants et rougis. Dans une allée, la sœur infirmière marche lentement, les bras croisés. Elle écoute avec eux un passage de la vie du Christ :

« Celui qui mange ma chair et boit mon sang a la vie éternelle, et moi je le ressusciterai au dernier jour. Car ma chair est vraiment une nourriture, et mon sang est vraiment un breuvage. Celui qui mange ma chair et boit mon sang demeure en moi et moi en lui. C'est là le pain qui est descendu du ciel. Celui qui mange de ce pain vivra éternellement… »

La neige s'est remise à tomber. On la voit s'engouffrer en fine poudre par les carreaux brisés. Le prêtre parle à présent. De courtes phrases, ponctuées de longs silences qui donnent à ces moments une grandeur insoupçonnée. La canonnade reprend, sans que personne y prête attention. Le spectacle de ces hommes inclinés devant Dieu est d'une grande force. Oui, il se passe quelque chose de spectaculaire et cependant d'intime. La beauté de leur sacrifice plane au-dessus d'eux et remplit l'église tout entière d'une intensité remarquable.

Les paroles chantantes de l'abbé apaisent la solitude de chacun. C'est elle, la plus tenace, la plus profonde des blessures. Et, curieusement, sur ces visages d'une pâleur inouïe malgré les barbes et la crasse, une douceur enfantine se dépose et efface brièvement les plis atroces de la guerre. C'est aussi la beauté des hommes d'oublier leur malheur. Ils sont là, ligotés par un destin cruel, unis par le même sang versé, aussi vaincus qu'un soleil couché sur la terre.

André a fermé les yeux. Chaque respiration est un calvaire. Il s'applique à ne prendre un peu d'air qu'au bas du ventre, évitant ainsi de forcer sur la bande qui lui serre la poitrine. Au moindre effort, la violence, sous la peau, traverse tout le corps comme une lame acérée. Enfermé dans le noir de ses yeux clos, il écoute l'homélie qui se termine. Les têtes familières de la tranchée lui reviennent. Santini, un cuisinier, fils de boucher, parisien, avec sa bouche en coin, ses dents mal foutues et son étonnante voix de ténor dont il régalait la troupe, les jours de ripailles. Desfontaines, son ordonnance, un Breton de

Concarneau, au visage fin et glabre, à l'œil triste mais plein d'intelligence, son adresse et son instinct en ont sauvé plus d'un. Viennot, l'Ardéchois, avec sa face rude et réjouie de paysan, de ceux qui savent tout endurer et se taire, pour qui se plaindre est une perte de temps, en campagne depuis le premier jour, toujours présent dans les coups durs, et sa modestie cachée sous une barbe mal taillée d'où fume régulièrement une pipe. Soulié, Quintard, Jougla, tant d'autres qui ont pataugé dans la même boue et bu au même goulot. Des images baignées d'une lumière blonde et rousse, collées simplement les unes aux autres, poursuivent leur ronde sous les paupières du lieutenant.

De même les nuits de quart, froides mais claires, lavées par un vent glacé, peuplées d'étoiles, où l'odeur du café dilate les narines, de ces brins de bonheur qui poussent soudain dans le cœur. Ces petits riens dont on ne parle jamais et qui font la vie quand elle est dure et âpre ; ces instants où l'amitié s'incline sur une tombe fraîche ; les larmes d'un soldat que le vent sèche aussitôt ; le courrier où l'on s'absente le temps d'une, deux ou trois feuilles remplies d'amour, de baisers, de nouvelles, qui sont si chaudes à lire, mais qui donnent toujours le cafard. La joie d'étendre un peu de graisse sur un morceau de pain et de boire un quart de vin. La lune parfois, ronde et pleine, qui vient au secours de la paix et assure quelques heures de silence.

Tremblante, au bout des doigts de l'abbé Birot, l'hostie s'élève contre le jour qui vient plus nettement. La sœur infirmière s'agenouille sur le dallage, tandis que le médecin-chef entre dans l'église, se découvre puis s'incline. Une femme avec son gamin l'a suivi. Elle se signe rapidement et glisse une mèche de cheveux sous son fichu. Elle retire à l'enfant son béret, libérant ainsi une belle tignasse. Les yeux du jeune garçon, effaré devant tous ces mourants, sont d'une gravité dont seuls les enfants sont capables.

« *Pater noster qui es in caelis, sanctificetur nomen tuum…* »

La prière bourdonne et résonne dans les poitrines. En vagues successives, les phrases arrivent et montent, enveloppantes et graves. Puis, soudain, le pas d'une colonne qui traverse le village se fait entendre. Des veinards qui gagnent leur cantonnement. Les clous des semelles cadencent bruyamment la marche qui traîne de fatigue. L'oraison s'achève sur un long murmure, tandis que ce fleuve d'hommes s'éloigne en rangs par quatre et disparaît dans un halo de lumière.

« *Corpus Christi…* »

André a pris l'hostie que le prêtre lui a tendue. Dans sa bouche chaude et sèche, elle lui colle aussitôt au palais. Du bout de la langue, il réussit à la libérer puis à la faire fondre lentement en salivant. Aucune prière ne lui vient. Avaler cette hostie est déjà un exploit, tout comme celui d'être encore en vie. Il sait qu'il est perdu, que les minutes et les heures qui passent lui sont comptées. L'existence ressemble désormais à une vieille courtisane dont les charmes sont flétris. Il est pris de convulsions qui le font souffrir et grimacer horriblement. Des larmes jaillissent de ses yeux, roulent sur ses tempes et vont mouiller la toile du lit.

La mort est entrée en lui. Il sent son étreinte glacée et l'hospitalité que son corps est prêt à lui offrir. Il lui faut se résoudre à composer avec elle, et sans doute est-ce encore la meilleure façon, pense-t-il, de lutter contre elle. La grande force, c'est de ne plus la voir comme une ennemie. Il aimerait s'en approcher aussi délicatement que d'un oiseau, la caresser sans l'effrayer. Mais comment cela est-il possible ? Non, le mépris est finalement le plus sûr moyen de défense.

Le ciel est secoué brutalement par le fracas du 75 qui file sur les premières lignes allemandes. Les hommes connaissent la musique. Dans ce bruit d'enfer, le prêtre continue de passer au chevet des soldats et leur donne la communion. Il se penche vers un soldat dont la tête est bandée jusqu'à la moitié du nez, et la bouche entrouverte. L'abbé lui glisse une hostie qui reste sur la langue inerte. « *Corpus Christi*… », dit encore le prêtre, pensant que l'homme, masqué par son pansement, n'a pas entendu. Puis celui d'à côté appelle : « Mon père ! »

L'abbé tourne la tête vers lui.

— Mon père, dit l'homme, c'est pas qu'il est sourd, c'est qu'il est mort !

Dans le flot grandissant et confus des conversations qui renaissent, l'abbé reste un instant interdit, regarde l'hostie collée sur cette langue sans vie, n'ose la retirer et s'y décide soudain. Il donne alors discrètement et rapidement la bénédiction au mort et remonte la couverture.

Il contourne le lit et s'approche de celui qui vient de lui parler. Des lèvres grises, de petits yeux enfoncés au milieu d'un visage large et plat. Impressionnant par sa taille, l'homme fait peur et semble sortir tout droit d'un roman de Fenimore Cooper. Une peau de mouton recouvre sa couverture. Au-dessus de lui, pendue à un clou, sa vareuse aux galons de caporal, raidie par la boue et le sang séchés. Il y manque une manche.

— Mon père, Dieu a créé l'homme en l'faisant mourir, pas vrai ? Alors, faut pas lui en vouloir, dit-il en désignant rapidement d'un œil son pauvre voisin.

L'abbé s'apprête à lui donner la communion, mais l'homme l'interrompt et lui dit :

— Y en a pas un d'nous qui sortira vivant d'cette crèche, sauf toi, p't'être bien, mais c'est pas sûr qu'tu seras l'plus heureux. Ton hostie, tu vois, j'en veux pas. Pardonne-moi, curé, d'être aussi sec, mais l'Église, ça m'a toujours fait marrer. Pour piquer l'pognon, vous êtes pas mal dans l'genre.

Puis il se met à rire. Un rire de gorge, râpeux, plein de cynisme, et qui découvre une belle rangée de dents jaunes. Il réussit de sa main valide à attraper l'étole et force l'abbé à s'approcher plus près de lui, jusqu'à sentir son haleine.

— Moi, tu vois, j'suis content d'mourir. J'en peux plus, d'toutes ces conneries. Y a ceux qui commandent à l'arrière, un bon paquet d'jean-foutre, oui, et y a les cons comme nous autres, on s'fait mettre sans rien dire. C'est pas une vie. Tu vois, curé, avant cette putain d'guerre j'étais bûcheron, là-bas dans l'Queyras, un pays avec des montagnes, des forêts, des vallées, des rivières, autre chose qu'ici, bon Dieu, un pays plein d'rudesse et d'bonté, plein d'hivers, de printemps comme nulle part ; des bourgeons, tu verrais, il en sort de partout qui gonflent comme des bouts de seins ; et puis tu verrais ça à l'automne, sans blague, y a rien d'plus beau que l'mélèze, et nous v'là ici à crever comme des rats. Qu'est-ce qu'y fout, ton bon Dieu, hein ? Y nous r'garde les puces ?...

Sa voix soudain s'étrangle. L'effort a été trop violent.

— J'ai soif !... J'ai soif ! hoquette-t-il.

— On va vous porter à boire, répond l'abbé. Puis avant de se relever, il lui dit à l'oreille :

— J'ignore, comme vous dites, si je sortirai vivant d'ici, mais vous avez raison, ceux-là ne seront pas les plus heureux. Le mystère de la vie ne réside pas dans le fait qu'on vive, mais dans ce pour quoi on vit.

Il se redresse et retrouve aussitôt les gestes de la communion.

À l'extérieur, on entend le vacarme d'un attelage qui arrive au galop. C'est l'ambulance dont on retire maintenant les corps que l'on porte à la salle des pansements, derrière le talus, sous la voûte blindée.

— La balle est entrée derrière l'oreille et est r'sortie par l'œil.

— Ça serait pas plutôt l'contraire ?

— Ça pisse toujours le sang pareil, dépêchez-vous, bon Dieu !

On embarque le malheureux, qui geint affreusement.

— Qu'est-ce qu'y dit ?

— J'crois bien qu'y dit « maman ».

La lampe tempête brûle au-dessus de la table d'opération. Le médecin-chef arrive. Il hoche la tête et lâche d'un ton sinistre un « ouais » qui exprime toute sa lassitude.

Dans l'église, la jeune femme est encore là, à l'ombre d'un pilier. Elle pleure sans desserrer les lèvres. Les larmes coulent, transparentes et chaudes. L'enfant se pince le nez. Il nage tout autour des odeurs de pansements et de sels qui lui soulèvent le cœur. La bouche ouverte, il avale l'air sans le respirer.

6

La nuit vient maintenant, accompagnée d'un brouillard épais. La pierre de l'église est noire et luisante. Une main rougie par le froid s'y appuie soudain. C'est le médecin-major. Penché vers l'avant, on dirait qu'il a craché quelque chose. On ne voit pas très bien. Il fait trop sombre. Et pourtant un filet de salive coule de ses lèvres. Une brillance qui s'allonge et tombe bientôt sur le sol. Il respire bruyamment. Remplit avidement ses poumons d'air frais comme pour chasser l'odeur suffocante de l'éther et du chloroforme.

Là-bas, sous le hangar tubulaire, la lampe brûle et fume toujours. On emporte quelqu'un sur un brancard. Puis on l'appelle :

— Mon capitaine !

Lui, le médecin-major, il n'a même pas eu le temps de finir ses études, mais il opère du matin jusqu'au soir. Sans relâche et guère d'espoir. Il n'en peut plus de couper, de scier, de suturer ; cela n'arrête pas. Du sang partout. Des pleurs d'enfants, des cris de bêtes. Les infections et les fièvres achèvent son ouvrage. Les hommes meurent, et à chacun d'eux il voit ses forces diminuer. Typhoïdes, dysenteries, pleurésies, œdèmes, pneumonies, la maladie progresse et tue tout autant. L'hygiène est déplorable. Les plaies s'infectent et les affections gangreneuses se répètent. Comment faire face à cette douleur, à cette puanteur ? Tout cela le dégoûte. Il respire l'air froid du soir. Il ne doit pas faiblir.

— Mon capitaine !

Il y va. Cherche un instant quelques étoiles dans le ciel. Il n'y en a pas ce soir. Il s'éloigne vers la petite lampe. Là-bas, un homme lutte contre la mort. Il y va. Son pas est de plus en plus rapide. Des voix parviennent, étouffées, engourdies par le brouillard. Il y va. Le cœur las. Les poings serrés. La solitude au fond des poches.

Dans l'église, les soins sont donnés. On refait les pansements. Des injections. On réconforte. On parle. L'abbé Birot est près d'André.

— Voulez-vous boire un peu d'eau ? lui demande-t-il.

André ne répond pas tout de suite. Ses paupières se ferment comme pour avaler la douleur qui le ronge. Il fait non de la tête. Puis lentement ses lèvres s'entrouvrent et articulent d'une voix faible :

— Je vais mourir… Pauvre femme…

L'abbé reste un moment près de lui. Sans dire un mot. Entre eux, la flamme d'une bougie piquée dans un goulot de bouteille. Elle tremble et grésille à chaque courant d'air. Au moindre passage.

Le monde tout autour continue de tourner, de venir, de partir. Et cette flamme qui s'essouffle et cherche le repos. Le silence entre ces deux hommes. Un silence consenti. Plus vrai que les mots. On ne sait pas quoi dire qui soit assez vrai.

La nuit est là déjà. Froide.

« Je vais mourir… Pauvre femme… », a-t-il dit.

Il sait que tout cela va finir. Il est très pâle. Il fait tourner son alliance autour du doigt. Les mains aussi sont livides. Les veines apparaissent, bleuies légèrement. Il pense à elle. Elle qui ne connaît pas encore la fin de l'histoire.

« Oui, je vais mourir. Seul. Sans te revoir. Je me souviens, je crois, de tous tes baisers. Du premier, si long, sur ce balcon. Un baiser dont nous rêvions tous deux. Des lèvres frémissantes, une bouche avide ; un désir ardent qui roule sous la peau et éclate dans les yeux. Je me souviens de ta main. Je l'ai baisée aussi. Plusieurs fois. Contre ma joue, je l'ai mise délicatement. Tu as vu ma tendresse plier comme un roseau. Les femmes aiment les caresses. Mille caresses. Cela pourrait ne pas finir. Vivre ainsi, de grâces et de baisers. De tes baisers. Un amour, une odeur sur la peau. Cela suffit à ne pas rompre avec la terre.

« Pauvre terre. Saignée. Battue. Rouge de soleils et de colères. J'ai encore de la guerre plein les yeux. Les larmes ne chassent pas la mémoire ; un peu la douleur. Mais je te revois. Je dois faire un effort pour te garder là. Près de moi. Je souffre. Je tremble. Le froid et le mal me torturent. J'ai le corps en feu, la poitrine garrottée, les poumons brûlés, ma respiration est prise comme dans un étau. Le supplice, ce sont ces morceaux de fer qui continuent de s'enfoncer en moi et travaillent mes chairs d'une façon lancinante ; ça pince horriblement ; ça hurle. Le sang vient au fond de la gorge. Un goût de sel aussi. Ce sont des larmes parfois. Des larmes sans pleurs. Et les odeurs de plaies et de pansements, les odeurs de viande et de déjections, les odeurs de pourriture, elles sont si fortes et rampantes que j'en ramasse des bordées à chaque inspiration. La puanteur tiède de ce troupeau de bétail que nous sommes tous devenus.

« Et cependant, de cette masse affreuse et sordide, de cette chose informe, ramollie d'ombres froides, tachée de lumières papillonnantes, peuplée de voix inintelligibles, mon âme se réjouit d'une joie indéfinissable.

« Je te revois et je te rejoins.

« Je ne me doutais pas en montant les marches de cet escalier, en frappant à cette porte du cinquième étage, au numéro 21 de la rue de Tournon, que ma vie allait changer. Qu'une jeune étudiante prendrait mon cœur. Ma vie. Elle avait à peine dix-sept ans. J'avais quelques années de plus, et je donnais le soir, pour payer ma chambre, des cours particuliers de latin et de grec.

« Je me souviens de ce premier jour. La porte s'est ouverte et une femme d'une cinquantaine d'années, au regard franc, aux cheveux déjà gris, est apparue. Elle portait une robe en cachemire maïs et noir, doublée sur le buste d'un ouvrage en taffetas léger, au canevas très fin, en point d'étoile, retenue à la taille par une ceinture de cuir. Autour du cou et sur la peau blanche, un ruban de soie noire.

— Eva Laroche. Je suis la tante d'Odette. Entrez, je vous prie.

« Je me suis présenté. Puis elle m'a fait asseoir dans le salon. L'odeur des livres, mêlée à des parfums de lavande et de cire, flottait confortablement dans l'air. Elle m'a proposé un thé que je n'ai pu refuser tant sa voix était chaude et convaincante. Il devait être cinq heures de l'après-midi. Le soleil brillait encore en ces jours d'octobre et entrait dans la pièce malgré les rideaux légèrement tirés. Une lumière dorée, réfléchie sur le parquet ciré, baignait la pièce d'une douce clarté.

— Odette est sortie. Elle ne va pas tarder… Du moins je l'espère. Je vous laisse seul deux minutes, je vais mettre de l'eau à chauffer, dit-elle en quittant le salon.

« Je suis resté seul, assis dans un fauteuil étroit au velours vert, à observer les objets, les meubles, puis le défaut d'un plâtre qui se lézardait au plafond, le bord d'un papier peint qui se décollait dans l'angle de la cheminée. Puis j'ai regardé mes chaussures qui manquaient de cirage et me suis soudain rappelé que, dans les milieux bourgeois, la première chose que les gens observent discrètement, c'est justement l'état des chaussures. J'ai alors pensé, à cet instant, que je n'avais pas mis toutes les chances de mon côté. J'ai donc sorti mon mouchoir et j'ai commencé, avec un peu de salive, à astiquer le cuir de mes chaussures… J'ai eu tout juste le temps de remettre mon mouchoir sale dans ma poche en espérant ne pas avoir à m'en servir plus tard…

« Elle est revenue avec des tasses à thé sur un plateau. Malgré le tintement de la porcelaine, j'ai distingué des pas dans l'escalier. Des pas précipités. Puis la clé dans la serrure. Tout cela très vite. Je ne sais pourquoi, mon cœur s'est mis à battre.

« Je l'ai vue.

« Le premier, je crois.

« Elle est entrée tout essoufflée. Gamine et déjà femme. Son regard n'a pas dévié du fauteuil où j'étais. Je me suis levé en heurtant le plateau. J'ai rattrapé la tasse. Le bruit aigu de la porcelaine m'a fait croire un instant que je l'avais brisée. Mais non, rien n'était cassé. J'ai remis la tasse avec précaution. Elle a souri. Nos mains se sont tendues. Serrées. Nous nous sommes assis. Un léger bruit d'étoffe a comblé le silence. Très court. C'est elle qui a parlé la première.

« Qu'a-t-elle dit ? À vrai dire, je ne sais pas. Je n'écoutais pas vraiment. Je la regardais sans pouvoir détacher mon attention de ce visage plein de gravité et de douceur. Nous avons bu le thé. Les tasses vides, à contre-jour, étaient devenues transparentes. La lumière venait sur sa nuque et même un peu sur sa joue quand elle me regardait. Des cheveux d'ange, emmêlés de soleil, auréolaient son visage. Mes yeux flirtaient avec ces effets du jour déclinant jusqu'à son épaule, tandis que la tante espionnait ma mise et mes réponses.

« Nous nous sommes entendus pour des leçons particulières à raison de deux fois par semaine. Deux heures de latin le mardi. Deux heures de grec le vendredi.

« Nous nous sommes vus ainsi durant plusieurs mois. Cicéron, Socrate, Démosthène passèrent sur nos lèvres. Je regardais les siennes, ourlées comme deux petites vagues. Ses doigts, ses mains que maintes fois je voulus prendre. L'horloge du salon sonnait l'heure où je devais partir. Nous prenions parfois un thé après le cours. Il m'arrivait de refuser pour je ne sais quelle raison. Par timidité. Par idiotie. Les feuilles des arbres tombaient. Les pluies cognaient aux carreaux des fenêtres. Les lampes jaunissaient le papier des livres. L'hiver approchait. Je ne pensais plus qu'à une seule chose, prendre cette fille dans mes bras. Mes journées n'avaient plus qu'un seul visage, qu'un seul désir, celui de monter ces marches, d'ouvrir cette porte, et de la voir enfin.

« La voir respirer, sourire, me tendre la main. M'asseoir à ses côtés, la sentir si proche, je ne voyais rien de plus agréable au monde. Si, la prendre dans mes bras et l'embrasser. C'est elle, un soir après le cours, qui m'a fait venir dans sa chambre. Elle avait soi-disant quelque chose à me donner. C'était un livre. Il y avait là, dans cette chambre, une intimité nouvelle. Un désordre de chambre d'hôtel. Elle a ouvert la fenêtre puis est passée sur le balcon. Je l'ai suivie. Le bleu de la nuit fondait sur nous. Nos regards ont paru plus sombres. Ils se sont rapprochés. Mes lèvres ont soudainement recouvert les siennes. J'ai senti qu'elle avait attendu ce baiser. Nos peaux ont échangé leur odeur. Nous aurions pu rester ainsi jusqu'à l'aube.

« J'allais partir. Elle est restée là, dans l'encadrement de la porte, la joue appuyée au chambranle. Il y avait dans ce silence les premiers pas fragiles de l'amour. J'ai respiré ses cheveux, sa peau, comme une saison nouvelle. Une impression d'été, de mauve, de rouge, de sucre. La poitrine gonflée et lourde. J'ai pris ses lèvres une fois encore. Juste un baiser posé en travers. Je savais qu'il y en aurait d'autres. Je l'ai vu dans ses yeux. D'autres baisers, d'autres jours, d'autres nuits. Je les aimais déjà.

« Images du passé, aussi furtives et vives que les lumières d'un train qui traverse la nuit. D'autres baisers ? Non, il n'y a dans mes yeux qu'un adieu rempli de larmes. Je vais mourir. Je le sais. Je le désire même. Je souffre trop. Et toi, mon fils, où es-tu ? M'entends-tu ? Ne crains pas de pleurer. La force est dans l'acceptation de ses faiblesses. C'est une vraie connaissance. Il ne faut pas la fuir. Être un homme. Ne pas se mentir à soi-même. Oui, connaître cette volupté de l'honneur. Aller jusqu'au bout de ce que l'on croit, et surtout de ce que l'on aime. Défendre ses idées avec audace et courage. Ne pas être derrière mais devant. Monter à l'assaut. Écraser la peur. La vie est dangereuse, alors inutile d'attendre d'être vieux pour mourir. La chance n'est pas pour ceux qui attendent, mais pour ceux qui agissent. Il n'y a de vérité que dans l'expérience. Tout le reste ne vaut pas grand-chose. La douleur des autres est si difficile à connaître. À voir, tout simplement.

« Je vais mourir…

« Tu ne le sais pas encore. C'est injuste. De ne pas t'embrasser, là maintenant. Je le voudrais tant ! Mes lèvres sont froides. Seules. C'est une douleur prisonnière. Affreuse. Mais comment faire ? Il n'y a rien à faire.

« Je vais mourir… Pauvre femme. »

André a répété la phrase pour lui-même. Sur le souffle. Il a même avalé la phrase. Elle s'est brisée au fond de sa gorge, puis elle a coulé, lentement, comme une épave vers les ténèbres. Sa bouche s'est tordue. On aurait dit celle d'un dormeur cherchant à se débarrasser d'une mouche importune.

L'abbé a cru que tout était fini.

Non, le pouls est fiévreux, irrégulier, mais il bat. Il bat sous les doigts de la jeune sœur. Elle est là, dans sa bure, attentive à la moindre défaillance. Elle entreprend de défaire la bande qui comprime la poitrine. Délicatement, lentement, elle atteint le pansement, soulève la gaze rougie. Ses lèvres s'entrouvrent et ses sourcils se froncent. Les blessures ne sont pas belles. Les chairs ont ramolli. Des hématomes entourent les plaies. La peau s'est violacée, a bleui par endroits. Et sous l'effet des badigeons iodés et jaunâtres, elle apparaît maintenant presque verdâtre.

Les paupières d'André se sont mises à trembler. La sœur nettoie les plaies à la curette, tandis que l'abbé est appelé au chevet d'un mourant. Avec un peu de quinine en poudre et de la gaze, elle achève de le panser. Elle regarde à la dérobée le visage renversé d'André qui ne la voit pas.

— Vous souffrez, n'est-ce pas ? lui murmure-t-elle.

Les yeux grands ouverts, ahuris de douleur, il n'a rien dit. Seul un souffle rauque est sorti de sa poitrine. On aurait dit celui d'une bête. Elle termine le garrot puis elle se penche vers lui :

— Je vais demander au médecin-chef, pour une injection. Une solution à trois pour cent, ça vous calmera.

André n'a pas entendu ce que la sœur vient de lui dire. La fièvre cogne à ses tympans. Mais ce regard penché au-dessus de lui, à demi éclairé par la flamme sur le côté, a été comme un immense soulagement. Une caresse de l'âme. La mort lui est soudain apparue si légère, si douce, qu'il se serait laissé prendre sans crainte et sans amertume. Ce regard qui savait tout. Tout de lui, de sa chair et de son sang. Cette beauté simple et franche, dénuée de toute affectation, lui a donné une émotion indéfinissable dont tout son corps frémit encore.

« L'oubli est à présent le seul bien auquel j'aspire. Mon âme apaisée n'a plus d'autre désir que de vivre immobile parmi mes camarades. Plus de larmes, ni de sang. Le silence. Le repos. L'absence de tout espoir, de toute douleur, de toute promesse. La joie. »

Des femmes sont entrées dans l'église. Elles ont secoué leurs fichus poudrés de neige. L'une d'elles a apporté des bougies, enveloppées dans un journal. Elle les partage aussitôt avec les autres. Elle est jeune. Seize ans à peine. L'abbé Birot a rejoint le petit groupe qu'il a réparti aux quatre coins de l'église. Il conduit la plus jeune au chevet d'un soldat guère plus âgé qu'elle et enturbanné sur le haut du crâne d'un pansement rougi et à moitié défait.

— Comment t'appelles-tu, mon enfant ? demande-t-il à la jeune femme.

— Tinette, m'sieur l'curé… enfin, j'm'appelle Albertine mais on m'a toujours appelée Tinette.

— Eh bien, Tinette, que le Seigneur soit avec toi !

Elle s'est assise sur un tabouret de vacher à côté du jeune soldat. Visiblement émue, elle a regardé l'abbé qui a cligné des yeux pour l'encourager. Elle a déplié son journal puis commence à lire à voix haute. Une petite voix, perchée et traînarde. Elle accroche les mots les uns aux autres sans grande conviction, ni d'ailleurs sans comprendre ce qu'elle lit. Elle bute, reprend, approche le journal de ses yeux et poursuit ainsi sa lecture, s'arrêtant au milieu d'une phrase, le temps de déglutir bruyamment et de reprendre une respiration trop courte pour aller sans encombre jusqu'au bout de la prochaine. Son œil ne dévie pas et semble aimanté au papier. Pas un regard sur le soldat blessé. Elle s'efforce de suivre chaque mot de son doigt de peur de perdre non seulement la phrase mais aussi son courage.

De sous la couverture, la main du soldat est apparue puis lentement s'est approchée du pied de la jeune fille. La main est restée un moment ainsi sur le carreau, effleurant insidieusement la semelle de la chaussure. Elle a glissé ensuite vers le talon et, brutalement, est venue prendre la cheville. La jeune fille s'est raidie. La frayeur a traversé tout son corps replié et lui a fait ouvrir des yeux gigantesques. Un blanc d'œil incroyable et magnifique où s'agitent des prunelles prises au piège. Sa voix s'est tue. La bouche est encore ouverte mais plus aucun mot ne s'en échappe. La mâchoire se met à trembler. Possédée, semble-t-il, par la fièvre, la main du soldat exerce de petites pressions successives. Une main si brûlante qui incendie le corps de la jeune fille. Elle ose à peine respirer. Furtivement, elle cherche en vain la présence de l'abbé. Seule avec sa nausée, elle rassemble ses efforts et se redresse légèrement pour prendre un peu d'air. Sa poitrine se gonfle, ses épaules se soulèvent, puis sa voix se fait de nouveau entendre. L'articulation est plus molle, les phrases à peine guidées par une intonation juste. Elle ne pense qu'à cette main, cette chaleur qui lui serre la cheville. Elle hasarde un regard sur le soldat dont les yeux se sont fermés. Mais elle voit l'autre main qui se faufile sous la couverture et fait naître, un peu plus bas, des ondulations caressantes de moins en moins équivoques. La jeune fille répète plusieurs fois la même phrase. Puis elle s'arrête, n'osant regarder davantage. Sous la couverture, le désir s'impatiente. Elle se cache alors le visage à l'aide de son journal.

— Je vous en prie… a-t-elle murmuré.

Le soldat n'a pas répondu. Le brouhaha dans l'église a continué. Seule la flamme de la bougie a grésillé et tremblé un peu. Alors, elle a décollé la bougie du goulot de la bouteille puis elle l'a approchée de sa cheville. Elle a incliné la flamme au-dessus de la main du soldat. La cire chaude a coulé. Mais la main est restée, serrée davantage.

Une larme s'est échappée au coin de l'œil de la jeune fille et roule en silence sur la joue, puis tombe bientôt sur le journal en faisant un petit bruit mat. Elle est bue aussitôt par le papier qu'elle ramollit. Ce n'est plus qu'une tache grisâtre à présent. Une étoile humide. Personne n'a vu cette larme. Une larme sur un papier, quelle importance !

On a ouvert les portes. Les brancardiers sont entrés précipitamment. Les semelles cloutées sur le carrelage ont fait l'effet d'une panique et d'un chahut terribles. Que se passe-t-il ? Pourquoi cette cavalcade ? La jeune fille regarde tout cela, hébétée, sans rien y comprendre. La guerre fait son ouvrage. Des hommes sciés en deux, des crânes enfoncés, des ventres ouverts, des bouches tordues par la douleur, des yeux noyés de désespoir, elle n'en peut plus, et se pince les lèvres jusqu'au sang.

Le soldat la tient toujours comme un piquet. Il libère à l'instant quelques râles de plaisir ou de souffrance, on ne sait plus. De grosses pièces, au loin, propagent des grondements sinistres qui évoquent encore la tuerie. Elle s'est levée d'un bond, comme une bête apeurée. Sa cheville s'est libérée, et la main du soldat est restée sur le carreau. La bougie, en chutant, s'est éteinte.

Elle cherche maintenant son chemin parmi les corps étendus. Elle hésite, revient sur ses pas, s'engage dans une allée, enjambe un brancard, se heurte plus loin à un autre, à gauche, à droite, elle s'affole, prise au piège dans ce labyrinthe nauséeux, quelques mètres encore, la sortie est proche et si lointaine, c'est affreux, vite, de l'air pur, derrière cette porte qui s'ouvre…

Il ne pleut pas mais une poussière humide flotte dans l'air. Ce petit air glacé qui afflue au visage comme un bonbon de menthe. Elle tient sa main sur son front puis tire quelques mèches de cheveux qu'elle passe derrière l'oreille et se retrouve nez à nez avec un infirmier qui soutient un poilu dont le pied a été arraché. Son pansement sale et sommaire traîne sur le sol. Ses cheveux et sa barbe sont éclairés par des gouttes argentées sous la lumière du soir. Elle s'efface pour les laisser passer puis disparaît le long de l'église par un chemin noirci de branches basses, tandis que l'on entend les gémissements de malheureux que l'on extirpe d'une ambulance régimentaire.

La sœur apparaît dans l'encadrement de la porte. Elle tient entre les mains un récipient en fer-blanc. Du coton, un flacon, une seringue. D'un pas alerte, elle traverse le transept et rejoint le pilier au pied duquel André est étendu. Sa tête bascule sur la toile graisseuse d'un oreiller. La sœur s'agenouille auprès de lui.

— Le docteur accepte une solution à trois pour cent. Je vais la faire en deux fois, dit-elle en préparant la première injection.

Elle découvre l'épaule d'André, passe rapidement sur la peau blême un coton alcoolisé puis pince l'épiderme pour piquer l'aiguille. Le liquide descend lentement la graduation.

« J'ai senti une fraîcheur glisser sous ma peau. J'ai fermé les yeux. Entre les cils et mes paupières tremblantes, voici que j'aperçois des ramilles d'or s'agiter comme dans une eau courante. C'est la flamme d'une chandelle tout près de moi. Brûle, petite flamme, ta lumière me ravit. Je n'ai besoin de rien d'autre. Une flamme qui brûle et danse près de moi. Je desserre un peu les mâchoires, collées par la douleur. Je remue l'extrémité de mes pieds, puis les pieds tout entiers. Il fait moins froid. Loin, très loin, la guerre aboie à travers d'épais brouillards… La nuit s'écoule, froide et silencieuse. Je n'ai besoin de rien. À mes côtés, une flamme que j'aime de tout mon corps. De toute mon âme. Je me surprends à vivre et n'ose ouvrir les yeux de peur que cela ne s'arrête. Je suis si bien maintenant. Je suis tranquille. Je respire à petits coups. Je ne me sens concerné par rien de ce qui m'entoure, frappé par une étrange indifférence ; seule la petite flamme au bout de cette cire habite l'espace qui est le mien à présent…

« Il y a comme des gerbes de lumière. La sainte beauté du jour qui se lève. Le soleil aussi sonore qu'un cuivre. L'adoration de la terre. La lumière rutile de toutes parts, les champs tressaillent et ont des reflets roses. La chaleur monte dans le ciel. Il reste encore quelques étoiles. Elles fondent lentement. Les arbres respirent et frissonnent dans le vent froid. Où suis-je ? La musique bat autant qu'un cœur. Je suis emporté par le flot tumultueux de l'orchestre. C'est une naissance. Une illumination. Un débordement de sève. C'est une musique qui s'élève et frappe la terre. La vie jaillit et hurle sa joie, sa colère, sa révolte ; c'est le printemps qui sonne, gorgé de jeunesse et d'audace, lui qui chuchotait tout à l'heure, le voilà qui explose. La joie est si forte que la terre s'échauffe et fume. C'est la récolte des couleurs, grasses et joyeuses, c'est la promesse de vivre, le printemps, le sacre du printemps. Cette musique m'envahit et m'emplit de toute sa grandeur, de toute sa bonté.

« J'ouvre les yeux, et il se passe quelque chose d'étrange. Ce que je vois, là, sur la paroi ombreuse du mur… Le Christ sur sa croix… incroyable vision… Ses blessures se sont ouvertes et le sang coule… Une sueur froide dans le dos… Suis-je mort ? Cela se pourrait bien. Ma conscience flotte sans que je puisse rien saisir. La douleur a disparu. Tout me semble être ailleurs et disparaître peu à peu. Je suis seul. Non, la sœur est là de nouveau. Que fait-elle ? Elle me pince la peau… L'aiguille… L'injection… Tout est bon. La petite musique de la flamme. La vie qui danse. Il faut que j'écrive. Écrire quoi, après tout ? Tout cela n'a plus de sens. Il n'y a pas de mots pour cela. Qui peut comprendre ? Personne… »

7

Le feu dans le poêle s'est éteint. Il fait assez frais dans la chambre. Les aiguilles d'un cadran indiquent bientôt six heures. Odette est couchée, mais elle ne dort pas. Ses yeux vont et viennent au rythme lancinant du tic-tac de la pendule. Un bois de meuble craque et l'œil s'immobilise, le temps d'une courte pause, puis reprend sa silencieuse et nocturne balade. La tête dodeline doucement. Quelque part dans la chambre, un papillon vole et se cogne sans ménagement. Les yeux s'ouvrent. Humides. La jeune femme tremble légèrement. Elle redresse brusquement la tête, effarée. Puis elle retombe sur l'oreiller, le regard perdu au plafond.

Ce n'est pas la peur qui habite ce visage aux cheveux défaits. Et même si la position d'une joue sur l'oreiller dissimule quelque peu l'expression, la force et la volonté y sont toujours présentes. Non, ce n'est pas la peur, mais une si grande mélancolie qu'elle ressemble, à l'y regarder de près, à une amertume froide, aussi obstinée que les traits de l'hiver.

Elle s'est levée, passe les doigts dans ses mèches, puis se dirige lentement vers la fenêtre dont elle entrouvre un rideau. La neige tombe au-dehors et s'amasse sur les corniches et les balcons des façades ainsi que sur les branches nues des arbres. En bas, dans la rue, des traces de pas et de roues qui font penser à un certain désordre, vite recouvert et effacé. Une voiture passe. Elle traîne une longue fumée. Tout cela est si calme et si résigné qu'il y a là, devant elle, quelque chose dont elle ne peut détacher le regard : la lenteur d'un monde en mouvement qui n'obéit à rien d'autre qu'aux lois immuables de l'univers. Odette ne bouge plus et semble hypnotisée par la valse silencieuse des flocons qui viennent se coller aux carreaux et fondre sous ses yeux. C'est la mémoire qui nous sauve du vide. Du néant. À l'image de ces cristaux qui vivent et meurent sans bruit, au gré du vent, elle mesure la légèreté de tout son être.

Seulement, il y a l'enfant. Cette présence animale enfouie dans les entrailles, pesante et oppressante ; cette existence muette, si proche et inconnue… La vie elle-même, en profondeur, dans les eaux chaudes de la mère. L'apesanteur. La légèreté de l'homme qui devient, et dont le destin ressemble étrangement à l'un de ces pétales blancs qui s'agitent et dansent dans la nuit froide.

Tout semble, déjà, être achevé.

Un sourire est passé sur les lèvres puis dans les yeux de la jeune femme. Une espèce de libération de n'avoir plus à craindre l'avenir. Il y a dans ce ventre la force d'accepter l'épreuve. Cet enfant qu'elle porte et qui la porte. Elle le veut et lui est même reconnaissante de ce qu'il lui fait un peu mal. Cette douleur lui est nécessaire et tout son corps en vibre d'impatience. Dans le grand silence, elle suit de la main les mouvements du bébé, et le prie intérieurement de ne pas s'arrêter. Cet enfant de tous les courages vient de guider les yeux de la mère sur la hauteur des toits enneigés et donner ainsi à la pose l'expression de la foi.

Elle quitte maintenant la fenêtre et va prendre, sur le marbre de la cheminée, une boîte d'allumettes. La mèche d'une lampe s'allume puis avance dans l'ombre du couloir, faisant luire furtivement le bois ciré des meubles. Un reflet dans un miroir, des silhouettes qui tremblent et s'évanouissent. Le plancher craque par endroits malgré la précaution du pas. Les bruits de la nuit ont une résonance particulière.

Dans la cuisine, Odette remplit une bouilloire. L'eau coule en un maigre filet argenté. Lorsqu'elle ferme le robinet, la plomberie branle un court instant. Elle gratte ensuite une allumette et approche la flamme d'un brûleur dont l'anneau s'éclaire aussitôt. La bouilloire vient glisser sur les flammèches bleues qui s'allongent dessous.

Dans une théière anglaise, bleu pâle, elle jette deux pincées de feuilles de thé, saisit machinalement un bol sur l'étagère, puis elle s'assied, les coudes sur la table, la tête entre les mains. La paupière se baisse l'instant d'une respiration profonde, puis le regard va se perdre quelque part sur un motif de la toile cirée. Seule la petite rumeur de la combustion se fait entendre. Quelque chose d'un tableau dont l'huile serait encore fraîche. Peu de couleurs. La terre de Sienne et la terre d'ombre dominent pour conférer au visage une présence particulière. La lumière semble flotter, réfléchie ici par le fer-blanc d'une boîte à biscuits, là par le vernis d'une porcelaine. Est-ce la luminescence de la neige au-dehors qui donne à l'ensemble cet effet de fraîcheur et de brillance ? Car il s'agirait bien d'une peinture s'il n'y avait une moue légère sur les lèvres de la jeune femme, ou encore le mouvement discret d'une mèche, pour tromper cette illusion. Dans les couloirs bleutés de la nuit, il y a une femme, parmi tant d'autres, attendant la réponse qui ne vient pas ; craignant la lettre qui reviendra sans avoir été lue, ni aimée, ni baisée…

Il est à peine dix-sept heures et il fait presque nuit noire dans le réseau de boyaux qui mène au premier abri de secours. C'est un remue-ménage incessant, une pagaille d'hommes, de jurons, et de gémissements qui s'écoulent dans le creux des chemins, jalonnés d'épaves et de cadavres. Ça se chamaille, ça gueule, tandis que là-bas la mitraille et le marmitage s'amplifient et rameutent la folie des hommes.

Le passage, maintenant, se rétrécit, et les éboulements nombreux rendent difficile la progression de Languemard et de Morette, les deux soldats brancardiers qui transportent dans une toile de tente le corps blessé d'André, leur lieutenant. C'est leurs voix rauques que l'officier a entendues tout à l'heure. Dans le dégel, à présent, les deux hommes enfoncent le pied jusqu'à la cheville. Leur marche est pesante.

Ils sont silencieux et profitent un instant d'une série de planches pour franchir une inondation où nagent un vieux képi et des boîtes de conserve. C'est Morette qui s'arrête pour souffler : « Nom de Dieu, j'en peux plus… C'est qu'il est costaud, l'gaillard ! » Languemard essuie rapidement la pluie de son visage avec l'extrémité de son cache-nez, puis il regarde l'officier qui perd beaucoup de sang, le visage blême tourné sur le côté. Il s'adresse alors à son camarade, adossé à la paroi d'argile : « Ben quoi… c'est pas l'moment d'flancher ; allez, mon vieux, on y est presque. » Il lui a parlé si doucement que l'autre s'est remis à avancer sans rien dire, le cou gonflé par l'effort. Languemard a ajouté sans se retourner : « Tiens bon, c'est vilain par ici ! — On est à vue, ma parole ! » a répliqué Morette en se dépêchant d'éteindre sa lanterne. La pluie froide apportée par le vent rend les ténèbres plus profondes. Sous la rafale sinistre, ils avancent en jurant dans une gadoue épouvantable. Ils retrouvent un peu plus loin la tranchée. C'est un goulot de plus en plus étroit ; parfois à peine la largeur des épaules et, dans l'obscurité, des racines nues viennent griffer la figure.

Les Boches arrosent maintenant le boyau avec des 77. Les obus sifflent et tombent un peu partout. Morette grogne : « Eh, bordel, qu'est-ce qu'y fout, l'génie, y a pas un abri dans c'putain d'boyau ! — Pour ça, faudrait des ordres, répond Languemard. Seulement, à la division, y a une de ces bandes d'andouilles… » Morette a voulu ajouter autre chose mais le fracas tout proche d'un obus l'a obligé à se jeter en avant et à se retrouver face contre terre. André a crié en touchant brutalement le sol.

« On y est, mon lieutenant, on y est ! » a dit aussitôt Languemard en se relevant péniblement du trou dans lequel il s'était fourré. Morette a craché plusieurs fois les débris de terre que l'explosion lui a fait littéralement bouffer. Ils reprennent leur marche en serrant les mâchoires. Le chemin est abominable. Ils enfoncent maintenant jusqu'aux mollets. Des éclairs de toutes parts, et à chaque sifflement précurseur la tête qui rentre dans les épaules et le dos qui se voûte. Ils dépassent d'autres hommes dont on ne voit même pas le visage. Un peu plus loin, des croix blanches se dressent sur des bourrelets de terre crevés par la pluie. Là, c'est un pied qui dépasse ; ici, c'est un crâne. Quelques képis surmontent les croix et s'agitent dans le vent. L'équipage progresse et s'applique à éviter les pièges. Ils croisent des brancardiers qui montent en premières lignes. Le poste de secours n'est plus très loin. Un écriteau le signale à un croisement. Les deux hommes, le souffle court, avalent les derniers mètres et se fraient un passage parmi la cohue massée devant l'entrée de l'abri. Des hommes dépenaillés, boueux, brûlés, fiévreux, ensanglantés, dilués par l'averse ; se marchant les uns sur les autres pour gagner un tour, pour être évacués. Toutes ces figures souffrantes, aux yeux huileux et hagards, sont à elles seules un spectacle d'horreur. Languemard et Morette ont réussi à pénétrer par l'orifice, un trou noir d'où s'échappent des lambeaux de lumière. Pliés en deux, le dos raclant la voûte, les deux hommes disparaissent dans le couloir sombre où manifestement l'air manque.

Une bougie, d'ailleurs, s'est éteinte. « Bon Dieu, qu'ça pue, comment c'est qu'y respirent, là-d'dans ? » souffle Morette avec une belle grimace. Languemard se heurte à un infirmier qui sort. Le croisement est difficile. Languemard est obligé de remonter ses musettes sur sa poitrine, tandis que l'homme lui demande : « C'est qui, çui-là ? Pace qu'y a plus d'place ici. — C'est l'lieutenant d'la 11e », répond Languemard essoufflé ; puis après avoir jeté un coup d'œil rapide à l'officier dans sa toile pleine de sang, l'infirmier ajoute : « Z'êtes sûrs qu'il est pas déjà mort, vot'porte-galons ! — Aussi sûrs qu'tu vas nous laisser passer, pauv'couillon ! » a répliqué Morette. Les deux hommes continuent de frotter la paroi gluante avec leurs capotes trempées et débouchent dans un bouge étroit et bas où des formes humaines emmaillotées, bandées, tachées, sont entassées et serrées comme du bétail, où la puanteur est si forte que Morette a mis une main sur sa bouche pour s'interdire de vomir. La tête de Languemard évite de justesse un madrier qui plafonne l'abri. La lumière jaune et vacillante des bougies et le rougeoiement des pipes donnent à cet endroit humide et sale une atmosphère de fin du monde.

Au milieu de ce carnage remuant et gémissant a été installée une tente avec une lampe à acétylène. Là, un chirurgien opère sans antalgiques et en ombre chinoise. Tête nue, le teint cireux, dépoitraillé, la blouse ensanglantée, il s'acharne sur la jambe d'un malheureux à grands coups de scie tandis qu'un soldat brancardier serre la tête du blessé contre son ventre pour l'empêcher de crier. La besogne terminée, il apparaît, la cigarette aux lèvres, une seringue à la main, puis se dirige vers un banc où sont collés les uns aux autres plusieurs poilus débraillés, barbus, couverts de boue et qui maintenant se bousculent pour recevoir en premier la piqûre. Au hasard, le médecin attrape un bras et pique. Pendant l'injection, il aperçoit Languemard et Morette qui déposent leur blessé sur la paille du sol. La silhouette allongée du lieutenant se découvre. Puis il remarque leurs pieds et leurs mollets pleins de boue. Languemard se faufile alors jusqu'à lui et lui dit encore haletant : « Vite, y a mon lieutenant qu'est en train d'pisser l'sang. — Une seconde, bon Dieu, tout l'monde pisse le sang ici, alors une seconde… Et allez vous décrotter les pieds, c'est pas une porcherie ici, nom d'une pipe ! » répond tranquillement le toubib en retirant l'aiguille et comme si le temps, pour lui, ne faisait plus rien à l'affaire. Il se dirige ainsi vers André à qui Morette, accroupi, fait un peu d'air avec son képi. Le médecin examine les blessures de l'officier, tâte le pouls, et revient aux visages des deux hommes qui attendent une réponse qui ne vient pas. Un simple « non » de la tête et l'homme à la blouse rougie de sang frais fait déjà demi-tour. Alors Morette, qui n'y tient plus, l'attrape et lui lâche en pleine figure : « Faudrait p't'être voir à faire quèc'chose, mon gaillard, parce qu'on a pas fait tout c'putain d'chemin pour voir ta p'tite gueule et visiter ta cave ! — C'est pas d'un médecin qu'il a besoin, c'est plutôt d'un prêtre, réplique le toubib sans se démonter. — D'un prêtre ! enchaîne Morette, ben voyons, en v'là un beau couillon d'remède ! » Languemard essaie d'intervenir mais Morette, qui a repris son souffle, est déjà lancé : « Quand t'auras une balle dans l'trou du cul, on t'enverra l'curé ! Y t'fera du latin, tu verras comme ça soulage. Non mais, j'te jure... Viens, Languemard, on s'en va... Et pis j'en peux plus d'c'te crèche, ça pue la merde ! » Les paroles de Morette ont mis un beau chahut dans le réduit obscur où des voix s'élèvent. « Foutez-le-moi dehors ! — Va t'faire sucer par le Boche ! — Enfant d'veau, tu vas la fermer, ta grande gueule ! » André a ouvert les yeux. Il a, semble-t-il, parlé, mais dans le brouhaha général, personne n'a rien vu ni entendu. Languemard réclame une piqûre antitétanique et un peu d'eau à boire. Rien à faire, le médecin garde ses vaccins pour ceux qui peuvent encore être sauvés ; et plus une goutte d'eau à boire. Il rallume sa cigarette éteinte et ajoute : « Allez à la grange Perrault par le boyau Famélard, y a une ambulance à deux chevaux là-bas. Ils l'emmèneront à Saint-Jean. Y a un poste de secours à l'église. » Et avant même que les deux hommes se baissent pour reprendre à terre leur lieutenant, le toubib leur lance : « Attendez, je vais essayer de vous trouver un brancard. »

Le boyau pour sortir de l'abri est encombré. Infranchissable avec le brancard. Là-haut, le bombardement continue. Les minutes s'égrènent dans une moiteur fétide. André claque des dents. Morette le regarde, les yeux vides, et tire sur sa pipe des bouffées de fumée épaisse...

Sur le feu, la bouilloire se met à siffler et à fumer autant qu'un soldat. Odette verse l'eau dans la théière et laisse infuser quelques minutes. Des minutes de silence comme celles que l'on trouve parfois à proximité des tranchées de première ligne. Des voix s'élèvent dans la rue. Elle aperçoit deux hommes jeunes, le bras autour d'une taille et d'une poitrine confortables. Des gestes déliés par l'alcool et des timbres de voix festifs et éclatants. Des embusqués, pense-t-elle, qui n'ont guère de scrupules. Et ce jupon entre eux, la bouche ouverte et impatiente de plaisirs. De ces jupons dont le mari, au front, est tout juste bon à prendre des coups et à coucher dehors.

Elle verse le thé fumant dans un bol. Un nuage de lait vient dissiper la surface. On dirait curieusement que le jour va se lever.

Odette est allée acheter de la graisse à chaussures. En rentrant, sa main a écrit quelques lignes : « Je vais très bien et même je me déplace plus facilement. Ce matin, j'ai marché plus d'une heure et je ne suis pas rentrée fatiguée. ».

8

Dans la salle à manger, où tante Eva est concentrée sur son ouvrage, le petit Jacques est assis sous la table. Les tissus qui dépassent et pendent de part et d'autre lui ont ainsi confectionné une cachette à l'abri des regards et de la lumière.

De ses grands yeux, il observe le pied d'Eva qui actionne la pédale de la machine à coudre. Elle se lève et ses pas, qui vont et viennent, masqués par instants derrière la toile basque pendante aux rayures bleu ardoise, esquissent la forme d'un ballet pour le plus grand plaisir de l'enfant. Il ramasse quelques morceaux d'étoffe qu'il triture entre ses mains, tire sur les fils échappés de la trame, et découvre, non sans une certaine stupeur, le pouvoir qu'il détient sur la faible matière. Eva s'est remise à la machine que son pied entraîne de nouveau. Il s'en approche lentement, lève un coin de drap et reste ainsi absorbé par le mécanisme de l'outil dont le bruit ronronnant l'installe dans une douce béatitude.

À dix-huit mois, le monde est encore une énigme, un spectacle vivant, et un bout de tissu, un bouton, ou bien encore une simple miette de pain ont le pouvoir de provoquer autant d'intérêt et de passion qu'un feu d'artifice. Les enfants cherchent tout d'abord à se faire peur. C'est ainsi que le monde se dévoile à leurs yeux. Par l'émotion. Par l'affection. La réalité de l'existence ne repose que sur des impressions. Nous nous laissons impressionner par des couleurs, des formes, des sons, des parfums, des mots, des légendes et des songes, nous traversons la vie pour ainsi dire en rêvant, nous sommes si peu dans la réalité, nous ne sommes que dans l'impression de la réalité. Pourquoi sommes-nous si différents ? Sans doute parce que nous ne voyons pas les mêmes choses, car celles-ci impressionnent les uns tandis qu'elles frôlent les autres et parfois nous dépassent sans même toucher notre conscience. Comment ne pas penser à Théodule Ribot qui nous dit si justement : « L'homme ne voit que ce qu'il regarde et ne regarde que ce qu'il a déjà à l'esprit. »

Jacques s'est mis debout. Il tient juste sous la table que frôlent ses longs cheveux. Il passe dans un rayon de lumière et s'amuse à le franchir plusieurs fois, aussi vivement que si c'était une onde fraîche. Audessus, les recommandations de tante Eva se répètent, mais rien n'y fait. La fin prévisible arrive, et dans sa chute le petit homme agrippe un pan d'étoffe qu'il entraîne avec lui ainsi que tout un attirail de couture, dont une boîte de boutons qui vont rouler aux quatre coins de la pièce. Une brève exclamation de tante Eva et c'est Odette qui arrive au même instant, un bavoir et une assiette fumante à la main. Malgré les pleurs de son fils, elle ne peut s'empêcher de rire devant le tableau qu'elle découvre.

Tante Eva a pris Jacques dans ses bras, tandis qu'Odette lui noue le bavoir autour du cou, avant de l'installer dans sa chaise haute pour lui donner son repas. Eva s'agenouille et récolte un à un tous les boutons éparpillés. Cela fait sourire le petit dont les yeux roulent comme des billes pour ne rien perdre de cette pêche miraculeuse, ni la bouchée surtout qui l'oblige à une vraie gymnastique et à de tordantes mimiques.

— Ma chère Vava, dit Odette, je n'ai jamais vu cet enfant manger avec un tel appétit. Le ramassage de boutons à quatre pattes est à retenir…

— Oui, ma chérie, je reconnais que la méthode est ingénieuse et nous devrions la proposer à tous ceux qui emmènent leur progéniture au restaurant… L'ambiance y serait, à coup sûr, très réussie.

La main blanche et veinée d'Eva poursuit patiemment la récolte nacrée. La boîte se remplit avec de petits bruits doux et cristallins, isolés ou bien encore en courtes cascades, tandis qu'Odette souffle sur la cuillerée qui file sans attendre dans le bec du petit.

La demie de midi sonne au salon et résonne dans un silence où rien ne pèse.

— As-tu acheté le journal, ce matin ? demande Eva.

— Bien sûr, Vava, c'est une des petites folies que je me paie, un journal tous les jours. En des temps pareils, on ne peut pas se passer d'un journal.

— Et que dit-on ?

— Du bourrage de crâne. On nous bassine avec le plan XVII. Il n'y en a que pour Joffre. À croire que c'est lui et lui seul qui fait cette guerre. Sais-tu,

Vava, que le commandement français était parfaitement au courant du plan Schlieffen ?

— De l'attaque allemande ?

— Oui, Vava. Joffre savait que l'armée allemande attaquerait par les ailes. La fameuse tactique d'Hannibal…

— Et alors ?

— Et alors, notre bon vieux Joffre, admirateur, lui, de Napoléon et de la manœuvre d'Austerlitz, s'est entêté, à l'instar de notre Corse, à vouloir enfoncer le centre pour se rabattre ensuite sur les ailes. Résultat, et ça les journaux en parlent moins, une hécatombe, ma pauvre Vava… Une hécatombe. Sais-tu que nous en serions à vingt-neuf mille morts par mois depuis le début de cette année ?

— J'ignore ces chiffres, ma chérie. Ils me paraissent monstrueux et d'une froideur extrême. Seulement, pour en revenir à ce bon vieux Joffre, comme tu l'appelles, et à sa ferveur pour la tactique napoléonienne, il n'est pas un très bon imitateur, en effet, car Napoléon, autant qu'il m'en souvienne, prenait la tête des colonnes d'assaut et se souciait toujours des moyens d'exécution. On dit toujours que la troupe n'a de respect pour ses chefs que lorsqu'ils prennent le même risque qu'elle et partagent ses misères.

— Si le commandement communiquait davantage avec les chefs de compagnie, il commettrait sans doute moins d'erreurs. Seulement, il y a en France un esprit cabochard qui dépasse la raison.

— Qui dépasse la bêtise, oui… Il paraît que Joffre ne supporte pas la vue d'un blessé et qu'il n'a pas encore mis les pieds dans une seule de nos lignes.

— Nos généraux, Vava, ont appris à faire la guerre dans des manuels. Ils envoient leurs ordres sanglants tranquillement assis dans le fauteuil d'un bureau, ce qui ne les empêche pas de faire la sieste après le déjeuner.

— Allons, ma chérie, tu exagères…

— Non, c'est la vérité ! Et malheur à celui qui les réveille. Tiens, sais-tu ce qu'a répondu Joffre à un officier du cabinet militaire de Poincaré qui avait présenté un nouveau casque pour nos soldats en novembre dernier ?

— Eh bien ?

— Joffre a répondu : « Mon ami, nous n'aurons pas besoin de les fabriquer. Nous tordrons les Boches avant deux mois. »

— Et la bataille de la Marne, ma chérie ? Tu oublies que la victoire de la Marne, c'est tout de même Joffre.

— Je le connais, moi, le fameux ordre de Joffre avant la bataille de la Marne : « Une troupe qui ne peut plus avancer devra, coûte que coûte, garder le terrain conquis et se faire tuer sur place plutôt que de reculer. » À quel prix cette victoire, Vava ? Et aujourd'hui… Aujourd'hui, nous ne sommes pas plus avancés. Seulement, à vouloir « grignoter le Boche », comme il dit, c'est plutôt le Français qu'il grignote. Et toujours pas de permissions. Huit mois de guerre et toujours rien. Oh, Vava, j'aimerais tant qu'André voie cet enfant…

— Tout cela est long et pénible, dit doucement Eva, puis elle arrête un instant son ramassage, se tourne vers sa nièce, sans d'ailleurs la regarder, et après un léger silence ajoute : Je suis restée seule à l'église, hier matin, pendant je ne sais combien de temps ; une heure peut-être, peu importe, j'ai prié pour vous, pour nos soldats aussi. Moi qui suis si peu fervente ordinairement, je crois que je le deviens quand il s'agit de votre bonheur.

— Le bonheur… quel mot magique ! dit Odette en relevant une mèche d'un revers de main.

— Et pourtant, moi, j'y crois au bonheur, répond Eva en reprenant ses recherches. J'y crois fermement parce que le monde en est rempli, et parce que aussi j'en ai à moi seule une petite part bien douce, dont je me contenterais pour toujours ; le bonheur, vois-tu, c'est un hôte charmant quand sa fantaisie le fait asseoir à nos foyers. Il prend diverses formes suivant nos âges, nos goûts et nos habitudes, et s'il ne se lasse pas de vivre près de nous, il se fait vieux quand le temps nous entraîne, mais avec un je-ne-sais-quoi de gracieux, d'aimable, qui est tout le charme de l'âge mûr.

Jacques a écouté tout cela comme les paroles magiques d'un conte. La bouche entrouverte, il attend la suite, semble-t-il, mais en vain.

— Je crois bien en avoir fini avec ces sacrés boutons, soupire Eva en ramassant le dernier.

Elle se relève, referme soigneusement le couvercle de la boîte qu'elle agite sous le nez de l'enfant en passant à ses côtés, comme pour lui dire : « Et essaie maintenant de me les attraper. »

Jacques ne l'a pas quittée des yeux. Il lève les sourcils en guise de réponse, d'autant qu'il avale au même moment une copieuse bouchée, puis, dans un demi-sourire et la bouche pleine, il ouvre sa petite main pour laisser apparaître au creux de la paume, et presque incrusté dans la chair, quoi donc ? un bouton.

Eva et Odette se regardent et, mues par la même pensée, éclatent ensemble de rire.

Puis les deux femmes se mettent à table. Elles mangent sans parler. Odette roule entre ses doigts une mie de pain qu'elle transforme peu à peu en une petite toupie qui tourne sur la nappe. On n'entend que les couverts d'Eva heurtant discrètement l'assiette, l'eau de la carafe remplissant les verres, les bruits de bouche d'une tante troublée qui se force à manger.

Malgré la neige fondue et glacée, il y a du monde cet après-midi dans les rues de Paris. Odette regarde par la fenêtre tandis qu'Eva pose les assiettes d'un repas inachevé sur un plateau :

— Tu n'as rien mangé, ma chérie, dit-elle. Va donc te reposer, tu sais ce qu'a dit le médecin…

Une bouteille d'eau de Cologne. Un savon. Deux paires de chaussettes. Dans sa chambre, Odette s'applique à serrer tout cela dans une boîte en carton. Quelques morceaux de journal en bouchon pour ajuster et protéger l'ensemble. Ses mains sont adroites et semblent impatientes de finir le paquet. Elle prend une photographie dans le tiroir du secrétaire. Elle et lui, l'été dernier, dans les bras l'un de l'autre. L'image d'un bonheur passé, aux teintes grises et blanches. Papier glacé où l'amour brûle encore.

Au dos, elle a écrit à la mine : « *Je t'aime.* » Puis elle dépose un baiser sur l'autre face ; de quoi mettre des ailes à son colis. Elle glisse maintenant la photo dans une enveloppe, passe rapidement sa langue sur le rabat gommé et, après l'avoir collé, elle place sa lettre dans la boîte et achève l'emballage avec beaucoup de soin.

La plume écrit l'adresse et fait un bruit de souris.

Un bain qui coule. Une eau qui fume. Odette y est à présent allongée. Le ventre affleure et crève par instants la surface. Elle balance très légèrement son corps, faisant naître ainsi des vagues qui couvrent puis découvrent sa poitrine. Le temps s'écoule dans la moiteur tiède qui perle sur le miroir et aux carreaux, tandis que la rumeur de la ville semble s'éloigner et revenir comme une mer.

Les mains dans la pâte, Eva prépare ses fameux scones. Des petits pains au lait, de tradition anglaise, et dont l'odeur à la cuisson vous fait pour ainsi dire déjà grossir tant la démangeaison est grande de les tenir tout chauds dans la main, de les fendre délicatement sur le côté afin de les beurrer non moins délicatement pour ne pas les rompre, et enfin de les porter à la bouche impatiente, tout dorés et moelleux, tandis que votre œil inquiet ne quitte le prochain qui attend dans le bâillement d'un linge que pour mieux savourer, les paupières un instant closes de bonheur, cet irrésistible don de la nature et du génie humain.

Dans ces heures nonchalantes de l'après-midi, lorsque les enfants dorment d'un sommeil calme et serein, il y a cette impression étrange d'immobilité, pareille au paquebot à l'horizon qui semble ne jamais avancer. Il faut alors le réveil d'un enfant pour que la vie reprenne son cours et nous remette subitement dans le tumulte de l'existence.

— Maman !… Maman !…

9

Sous un ciel d'ardoise où la nuit se dissipe, on enterre des soldats derrière l'église de Saint-Jean. Le vent gronde dans les ruines du village et balaie les débris qui partout jonchent le sol. Un long pleur que de soudaines rafales emportent vers la plaine imprécise et laiteuse. Quelques-uns du village sont là, abrités sous des parapluies chahutés par la bourrasque. Des soldats, tête nue, visiblement plus émus par la cérémonie que par la mort. On dépose les cadavres dans le trou avec leur toile de tente. L'office de l'abbé Birot s'achève. Tout cela est très simple et va très vite. Les gens rentrent chez eux, tandis que les pelletées de terre s'empressent de recouvrir les corps. Un petit tertre puis une croix maladroitement dressée.

Qu'ils dorment au fond d'un trou, au fond d'un chemin creux, dans un bourrelet de terre, ou dans un cimetière, les morts parlent encore. On les croit ensevelis, disparus, mais quand vient la nuit, leurs voix rôdent sur le champ de bataille et dans la tranchée. Ils parlent à l'oreille de ceux qui cherchent vainement le sommeil. Ils vivent au milieu de tous, et le temps n'efface pas l'amour du soldat pour un camarade tombé dans le même rang. C'est une famille que le devoir et le sacrifice ont soudée, et la vie du combattant, si ignorée à l'arrière, et que les journaux ne manquent pas d'embellir toujours, est jalonnée de tertres solitaires, sans ornements, qu'il a dressés lui-même hâtivement, parfois au péril de sa vie, pour ceux-là dont il est à jamais le frère et qu'il contemple chaque jour, les yeux remplis de pitié.

On ne marche pas sur la terre des champs de bataille avec indifférence. On écoute avec humilité et effroi ces paysages bouleversés par le feu, criblés, éclatés, dispersés par les obus, et l'on reste sans voix tant le spectacle est, encore de nos jours, au-delà de toute compréhension et même au-delà de tout récit.

J'entends la voix volontaire et brisée de cet homme en train de mourir et dont je porte le nom. Il est là, la tête enveloppée dans un châle de laine qui ne laisse apparaître que les yeux…

« C'est trop stupide de rester là à attendre la mort. Tout est préférable à cela. Quatre jours à se pincer les lèvres jusqu'au sang, à trembler de froid et de fièvre, à serrer les dents, à déféquer, à avaler ma honte, à cracher ce goût de venin dans la bouche, à crier grâce aux maux de tête, à perdre mes forces sur un brancard sale et puant, et à être, nuit et jour, traqué par les ténèbres. Douleur intime, enracinée, ramifiée, qui a fait de moi son esclave et tient tout mon corps à présent aussi diablement qu'une maîtresse. Elle embrase mon être et ma raison ; couve littéralement en moi sa progéniture et travaille mes chairs aussi consciencieusement que dans une ruche. C'est la mort qui germe en moi et lentement me faisande. Une odeur épaisse de pourriture et de sueur m'enveloppe. Être aussi étranger à soi-même et toutefois si cruellement soi-même est un véritable supplice. Je ne rêve plus que d'opium et de morphine. L'oubli est la seule pensée qui me réchauffe. Viens, petite drogue, infiltre-toi sous la peau et réjouis-moi. Donne-moi encore un peu de goût à vivre ; aide-moi à retrouver les instants de ma vie où il fut bon et doux de vivre. Est-il possible que l'on me porte ces délices dans le jardin de ma douleur ? Mon désespoir est si grand et le monde si petit. Mon Dieu, que le monde est petit…

« … Viens, je t'attends, c'est le bon moment. L'aube est proche. Tout est silencieux. Petite drogue, m'entends-tu ? Je suis perdu… Je n'ai plus le moindre espoir. La vie est un marché de dupes. Une vaste illusion… C'est le vide. Un vide effroyable… et cette migraine qui me pince l'artère de la tempe. Tout me devient haïssable. Pourquoi faut-il souffrir autant ? Oui, je n'ai besoin que d'une petite injection… mais tout cela a-t-il un sens ? Mon cerveau ne répond plus à ce genre de question…

« J'ai froid. Ça vient le long du dos. Il me faudrait une couverture supplémentaire. Je suis trop près du sol. Je pose ma main sur une dalle. Elle est glacée. Une petite couverture et une solution à trois pour cent, voilà ce qu'il me faut. Un peu de chaleur et quelques cristaux dilués… La sœur infirmière viendra tout à l'heure. Il suffit de l'attendre. Fermer les yeux. Imaginer le petit flacon dans sa main fine ; ses yeux fixés sur la graduation… la seringue… puis le piston qui lentement coulisse… Et la chiquenaude sur la paroi de verre… Imaginer cette douce présence, ce calme agenouillé près de moi avec l'odeur si particulière des mains lavées au savon de Marseille…

« Un homme va mourir. Je ne le vois pas. À quelques pas de moi, derrière le pilier. L'abbé Birot est à ses côtés car j'entends sa voix grave lui dire : "Voulez-vous, mon fils, vous confier à Dieu ? — Confier quoi donc ? dit le mourant. — Confier votre âme à Dieu… précise le prêtre. — Eh pardi, en voilà une idée, répond le pauvre homme, j'ai plus d'famille, monsieur l'curé, j'avais trois frères et y z'ont tous été tués, alors j'ai pas trop l'cœur à confier quelque chose au bon Dieu… Mon âme, je la garde, c'est tout c'qui m'reste… — Mais je ne suis là que pour apaiser votre souffrance, dit l'abbé du bout des lèvres. — Laissez-moi tranquille… au nom du Christ, laissez-moi mourir en paix !" ajoute l'autre. Puis plus rien. Un long silence. Que se passe-t-il ? Je l'ignore. L'homme est-il mort soudainement ? Je tends l'oreille malgré le châle qui enveloppe ma tête comme un pansement, mais le filet des voix s'est tu. Puis c'est un sanglot que j'entends. Un sanglot étouffé dans un drap épais… une capote peut-être… Le sanglot d'un homme qui a perdu ses trois frères. On dirait celui d'un enfant. Non, c'est un soldat qui pleure. Un jeune soldat à peine effleuré par la vie. Alors, on a la gorge serrée, les poings fermés, et la colère plein le cœur… tandis qu'un autre là-bas s'est mis à siffler l'air populaire et entraînant de *Viens, poupoule.*

« C'est drôle comme la vie donne à voir le drame en même temps que la fantaisie ; fait asseoir les larmes et l'insouciance à la même table ; mélange les genres sans le moindre scrupule. La vie n'a pas d'arrière-pensées. Elle suit son cours imperturbable et se rit de nos incertitudes autant que de nos croyances.

« J'écoute cet air si incongru parmi nos corps blessés. Sa légèreté annonce le printemps que nous ne verrons pas. On oublierait presque la guerre si son odeur n'était pas si tenace. Un petit air qui vient raviver le moral et chasser le cafard. Il suffit de si peu de chose pour reprendre espoir. Je suis comme ces anciens lits de rivière où l'eau ne coule plus et qui se réveillent parfois à la venue des pluies.

« Moi qui ne rêvais que d'oubli tout à l'heure, qui forçais mon amour de la vie à se taire, aussi désespéré que Titus avec Bérénice ; moi qui ne voulais plus entendre la douleur, ni la mienne ni celle des autres ; qui ne voyais de délivrance que dans la mort, voilà que ce brin de musique vient ressusciter des forces que je croyais à jamais perdues. La sonorité du plaisir afflue toujours en moi. Je ne suis pas mort. J'entends. Je respire. Je bouge encore le pied, la main… la tête… voilà qui est fait… Une humeur juvénile qui me donne l'envie de danser, de fumer. Un appétit de vivre qui raidit tous mes membres… Oh ! te revoir et t'aimer, Odette, je sens que tout cela est encore possible ! Un peu de patience, la guerre va finir, mes blessures vont pâlir et n'oseront pas ravir cet amour qui est le mien. N'avons-nous pas dansé l'été dernier sur cette chanson populaire au bal du 14 Juillet ? Oui, c'est bien cela, l'été dernier, nous dansions les yeux dans les yeux… T'en souviens-tu ?… L'orchestre avait à peine entamé les premières mesures que tout le monde s'était mis à chanter. Nous attrapions les paroles au vol, ma chérie, mais nous chantions aussi.

« Je ne mourrai pas.

« Non. Je ne peux laisser sur ta bouche l'amertume du deuil. Souviens-toi, les lampions flottaient dans l'air, tout autour. Le feu était sur nos lèvres. La musique entraînait la foule à boire un petit verre et quelques danseurs ivres bousculaient l'appétit de nos baisers. Tout cela était si joyeux. Si heureux. Cette guerre est venue aussi vite que l'orage. Qui aurait pu croire ce soir-là que les hommes partiraient au front pour se faire tuer quinze jours plus tard ? Moi-même, que je recevrais le lendemain matin ce télégramme d'Épinal m'ordonnant de “rejoindre immédiatement et sans délai la caserne Contades pour y accomplir une période d'exercices” ? Le président Poincaré n'a rien laissé paraître dans son discours du 14 Juillet. Pas un mot sur le conflit qui allait exploser. Pourquoi cette politique de toujours cacher la maladie, de considérer le peuple comme un irresponsable ? “Le principal ennemi du peuple, disait Marat, c'est son gouvernement.” Ne pouvait-on éviter ce massacre ?… Mon Dieu, pourquoi ont-ils assassiné Jaurès ?…

« Ô femme chérie, mes lèvres sont froides mais mon cœur est encore vaillant et fier d'être à toi. Il me faut t'écrire tout cela. Il me faut une feuille, du papier, de l'encre ou une mine. Oui, je dois écrire. En amour, il ne faut rien laisser au doute. Je vais écrire et je ne mourrai pas. L'homme, là-bas, s'est arrêté de siffler. Les sanglots derrière moi se sont tus. C'est un drôle de silence. Un mauvais silence. Mais moi, je vais vivre. Je le sais à présent ; et malgré le garrot qui m'oppresse, la douleur qui s'élance, je me sens comme Alexandre, prêt à toutes les conquêtes. Ce n'est pas du courage. C'est une volonté que je tire de ton courage, Odette, celui de mettre au monde un enfant quand l'avenir est sans espoir, celui d'aimer la vie quand tout t'en sépare et te désespère, celui de croire quand le doute t'assaille. Voilà le vrai courage, car il habille toute une vie.

« Écrire… Je suis assiégé de mots… Je les sens au fond de moi… Tumultueux… Ça monte en désordre… Comme un troupeau sur la route… Est-ce possible ?… Ça aboie dans ma tête, des coups de fusil, là, le long de la tempe… La douleur qui re… Mon Dieu… Une vraie torture… Je ne peux retenir un cri… Ça mouille au bord des yeux, ça déborde et ça coule… Une lumière est entrée, mon Dieu, je suis sauvé. Une bouffée d'or… Une fraîcheur tirée de l'eau… C'est une porte qui s'est ouverte… Un ruisseau de soleil… Des bruits de maillets qui enfoncent des piquets ou des croix… Des chants de coqs, et des abois, au loin… Des hennissements aussi… C'est heureux d'entendre tout cela. La douleur est parfois si forte que je n'entends plus rien. C'est l'isolement total… Indescriptible…

« Écrire, j'y suis… Odette, je sais que tu m'entends… Je suis toujours avec toi, je pense toujours à toi… Je te vois courir vers moi, le pli de tes vêtements qui sourient dans le vent… Je vois tes yeux, je vois ton rire, je vois tes dents… Moi, c'est à peine si je respire, mais je veux vivre… C'est une petite folie… Grâce à toi… Voilà que je respire… Allons, un petit effort… Qu'ai-je fait de mon portemine ?… Ma main fouille dans cette boîte où mes objets personnels ont été rassemblés. Ma main est impatiente… fébrile… Le voici… Ne pas perdre ce que je voulais dire… Oui, le courage… Je fais descendre la mine ; je la sens ; je la vois ; tout cela me transporte et m'anime… Je suis comme un gamin… Mes lorgnons, à présent… dans cette poche… oui, voilà, la bouche ouverte, un coup de buée sur chaque verre… je les nettoie avec un coin de mon mouchoir, puis je les pince sur mon nez… je n'ai besoin de personne et cela me réjouit. Voici ma montre… un instant à l'oreille pour entendre le mécanisme… tout va bien… il est à peine sept heures. Je remonte le ressort… La montre glisse à nouveau dans l'étui… l'étui dans la boîtc. Mon carnet… Une page blanche… Une blancheur impressionnante… Eh bien quoi, que se passe-t-il ? Ma main tremble… La page est si blanche…

« … Des secondes… des minutes… d'une longueur inouïe, rien qu'un affreux silence… Le vide… Rien que le vide. Une crampe dans la nuque… L'effort est trop long. Dépêche-toi, la mine est si près du papier, ce n'est pas possible de ne rien faire…

Qu'attends-tu, bon Dieu ? Le temps passe, le porte-mine est de plus en plus lourd… Comme le sabre avant l'assaut qui pèse dans la main moite. La page blanche, c'est l'inconnu… Au-dessus du parapet, c'est la même chose… Alors, j'ai déjà écrit. Avec mon sang sur la terre, j'ai rempli la page. Je ne peux plus. Ma main tremble de rage, je crois. Elle n'a jamais tremblé. Peut-être… Sur ce quai de gare, quand le train est parti, et lui aussi a tremblé. Je t'ai aimée sur ce quai… Oui, ma main a tremblé. Ce mouchoir blanc que tu agitais… Aussi lourdement que nos cœurs battaient. Mon Dieu, que tout cela est loin… Un train qui s'en va et qui ne reviendra pas. Il fait si froid ici. La page restera blanche et nue. Ma femme, mes petits, pardonnez-moi. »

10

« J'ai refermé le carnet. La page s'est noyée parmi les autres et puis des hommes sont entrés, chargés de bottes de paille. Ils les disposent, là-bas, pour recevoir les blessés. Il en arrive du monde, avec le pansement hâtif de la première ambulance. Il n'y a plus de brancards. De la paille pour faire des couches, on pense à la Nativité. Quelqu'un d'ailleurs a dit : "Ça, pour l'coup, c't'une vraie crèche qu'y nous font ! Et qui manque pas de p'tits jésus !" Puis un autre : "C'est qu'y vont nous apporter des totos avec leurs nids en paille !" Un autre encore : "J'en ai un, mon gars, de p'tit jésus, qu'la sœur elle en a jamais vu d'aussi gros !" Des rires ont fusé, et la conversation s'est animée d'un coup. Une vraie contagion. On aurait dit un fleuve après les pluies. Les répliques affluent de toutes parts. Chacun y va d'une remarque, d'une boutade ou d'un mot, et le chahut est vite devenu celui d'une classe sans surveillance. Surtout quand le petit homme gras et chauve est entré avec sa roulante pour servir le jus.

— Hé ! Toi, l'planqué, t'as un manteau d'première classe ! On voit même plus tes grolles !

— D'où qu'y nous l'sort, ce frusque, c'te poissard !

— Hé ! T'as les seins qui poussent ou quoi ?

— On dirait la frangine à Émile !

— Oh ! toi, l'gras-double, faudrait voir à mettre des talons !

— Quand y pète, au moins, ça garde l'odeur !

« Les rires et les sifflets vont bon train. L'homme continue sa besogne. Il sue sous sa grosse pelisse. L'abbé est intervenu pour calmer les enchères, paumes ouvertes vers le bas comme pour baisser le ton. La soupe chaude a occupé les bouches, tandis que le médecin-chef dirige encore les brancardiers pour installer les huit nouveaux pensionnaires et aide à refaire les pansements des évacuables. Les capotes, les pantalons et les chaussures sont maculés de boue crayeuse, d'éclaboussures et de traînées de sang. Une main se lève d'un brancard et s'agite dans l'air sans pouvoir rien saisir. Une main jeune où je distingue une alliance malgré le contre-jour. Il fait beau ce matin. Le soleil entre lorsque les portes s'ouvrent et lave les couleurs de sa franche lumière. L'abbé, lui aussi, aide à porter les bottes de paille. On dirait un corbeau sous un champ de blé. Il lui reste sur l'épaule quelques fétus qui brillent comme de l'or sur sa soutane noire… Puis on entend gueuler sans savoir ce qui se passe. Quelques minutes seulement, et tout le monde est au courant. C'est un grenadier qui a perdu un bras…

— Et un morceau d'la tête, ajoute mon voisin.

« Je range mes lorgnons, mon carnet et mon porte-mine.

« Le cuistot a déposé une louche dans mon quart, et je me suis réchauffé les mains. Je l'ai regardé fumer sans aucun appétit. La nausée. La nausée est revenue. Une lourdeur dans les bras. Dans les yeux. J'ai ensuite rabattu un bout du châle sur mes paupières à moitié closes. Mon voisin m'a alors demandé :

— Eh ! toi, avec ta laine, tu m'entends ?

« J'ai tourné simplement la tête vers lui en guise de réponse.

« Il m'a dit :

— Si t'as b'soin d'aide, pourquoi tu d'mandes pas ?

— ... De l'eau... J'ai soif... ai-je murmuré.

— Tiens, v'là les p'tites mères du village. È vont s'occuper d'toi ! C'est pas pour dire, mais t'es un peu... Faut te r'prendre... Hein ! Tu causes pas beaucoup... Tiens, les v'là qui s'ramènent par ici... Hep ! ma jolie ! Oui, toi !... T'es pas jolie p't'être ?... De l'eau, ma mignonne... Et de l'eau potable !... C'est pour lui, là, y peut pas causer à la bonne hauteur, on dirait...

— Merci...

— Faut pas... J't'ai vu tout à l'heure, qu'tu voulais écrire quèc'chose, pas vrai ?... J'ai vu ta mimine, et pis qu'ça v'nait pas... J'me suis dit qu'c'était pas possible, avec des mains comme ça, qu'on pouvait pas écrire !... Non ! Des mains comme ça, mon vieux, ça écrit, que j'me suis dit... Et même que ça doit écrire sans fautes... Alors, moi qui sais pas, j'me suis dit, tiens, en v'là un qui va m'aider à faire un p'tit mot pour qu'à la maison y s'inquiètent pas d'trop, quoi… J'ai vu ta main, j'te dis… C'est qu't'es resté longtemps d'vant ta feuille !… Comme à la pêche quand ça veut pas mordre… C'est vrai, y a des jours qui sont pas faits pour nous… Et puis j'pensais, y doit en avoir gros comme ça à dire… Et j'sais bien, moi, qu'c'est pas trop facile… On veut pas faire trop d'mal… Et pis ça fait quand même… J'sais bien… Ces choses-là… J'veux dire, quand on sait qu'on a fait l'tour… Qu'on est au bord du ciel, quoi… Ben y a plus grand-chose comme importance… Et qu'est-ce qu'on peut dire ?… C'est vrai… Qu'on voudrait être chez soi, quoi… Y a qu'ça… Passer la porte de sa maison… Avoir les p'tits dans les jambes… Aimer sa femme… C'est bête à dire, hein ? Mais c'est vrai qu'c'est pas des choses très compliquées à quoi on pense, nous autres… C'est si simple, quoi… Qu'on s'fait souvent du tort pour rien… C'est-y pas vrai ?… Quand on y pense…

« Il s'est arrêté un moment pour boire sa soupe à grand bruit puis il a repris :

— … Alors, la p'tite mère, è s'fait attendre avec sa cruche. C'est qu'tu dois crever d'soif, mon vieux, hein ?… Eh ben moi aussi, j'ai la langue sèche… T'as pas l'air d'pouvoir causer à ton aise, j'vois ça… C'est les poumons ?

— Trois… Cinq… Dans la poitrine… ai-je tenté de dire.

— Quoi !… Trois poumons dans la poitrine ? Eh ben, j'comprends maintenant… C'est qu'tu délires, mon vieux…

— Non… balles… mitrailleuse…

— Ah ! j'aime mieux ça, a-t-il dit tout bonnement, sans même se reprendre.

« Puis une jeune femme est venue me faire boire. Une eau fraîche qui a réveillé mes yeux et toute ma carcasse engourdie. L'homme à mes côtés a dit encore :

— C'est-y pas bon d'boire une eau potable quand on a soif ? Moi, j'ai fait la connerie d'boire l'eau des tranchées… D'l'eau qu'avait croupi, quoi… Eh ben, j'vais p't'être crever à cause de ces putains d'corvées d'eau… Des bidons percés qu'y z'avaient !… La typhoïde que j'me suis collée… La typhoïde, mon vieux, t'entends ça ?… J'suis même pas blessé !… Seulement les intestins y font la gueule… Des courbatures et d'la fièvre… Qu'ça monte… Qu'ça descend… Un vrai manège… Et des vertiges, mon vieux… D'ces vertiges… Qu'on en voit pas des comme ça à la foire…

« Je le regarde et je l'envie. Peut-être s'en sortira-t-il ? Il est allongé, comme moi, sur le dos. C'est un paysan sans doute, le sourcil fourni, le poil noir, la peau cuite et sèche. Sa respiration est devenue plus rapide. Son visage, que j'avais d'abord cru plein de vie, m'apparaît étrangement sans expression. Morne. Son regard est vague. Je l'écoute encore me dire :

— Y paraît qu'on délire aussi vers l'huitième jour… Tu m'diras les conneries que j'raconte, hein ?… Ah non, c'est vrai, tu peux pas causer… J'ai une de ces veines, moi… La typhoïde, nom de Dieu… Tu parles d'une blessure !…

« Il a continué à parler tout seul dans sa barbe. Je ne l'écoute plus ; l'eau coule au fond de ma gorge et cette jeune personne qui m'aide à boire éveille toute mon attention et ma curiosité.

— Ça va mieux, à présent ? me demande-t-elle.

— Oui, ai-je fait en inclinant la tête avec un semblant de sourire.

— Ça doit être vous qu'ma mère m'a parlé, a-t-elle ajouté sur le ton de la confidence, c't'un lieutenant, près d'un pilier, avec des yeux bleus, on dirait une claire fontaine, qu'elle m'a dit. C'est bien vous.

— Votre mère…

— Thérèse qu'elle s'appelle.

— … Thérèse…

— J'en étais sûre… Vous en voulez encore ? dit-elle en soulevant la cruche.

« Je hoche la tête, une fois. Elle cligne des yeux en me fixant un instant sans rien dire. Elle passe sa main sur l'arrondi de la cruche, puis elle lisse sa paume à plusieurs reprises dans le creux de sa taille. Un geste de femme. Plein de silence et chaud comme un linge sous le fer. Ensuite, elle verse une autre ration de quart. Je regarde l'eau brillante et souple qui jaillit par le bec verseur. Derrière cette onde, la jeune fille. Elle est si jeune, je ne comprends pas comment une aussi jeune enfant… Ici, dans ce charnier d'hommes. Elle est là, avec son bruit de source, ses cheveux clairs, un peu filasse et qui glissent dans le cou en mèches épaisses, son regard timide, aussi sombre qu'une rue étroite, son nez pointu, un peu trop long, sa bouche épaisse, entrouverte, qui s'applique à bien faire. J'aperçois un peu de peau dans le bâillement du gilet, entre deux boutons. Une peau blanche, fine, avec un duvet blond. Je bois à petites lampées. Elle observe ma bouche, dont elle suit attentivement les mouvements. Je la regarde et je me vois. Et je méprise cette bouche impotente, mais je bois cette bouche qui me donne à boire. Il n'y a là aucune sorte d'espérance ni d'amour. Il n'y a qu'un peu d'écume dans les yeux qui se souviennent et retracent le passé sur le corps d'une femme.

« Elle pose sa cruche au sol, puis elle retire le quart de mes lèvres qui ont fini de boire et, à l'aide d'un mouchoir, elle essuie délicatement l'eau qui a coulé sur le menton et dans le cou. Petit mouchoir à carreaux bleus et blancs qui sent bon l'herbe fraîche. Elle fouille ensuite dans une poche ou sous son vêtement, je ne vois pas, et en sort une pomme qu'elle dépose dans ma paume comme une poignée de main.

— Sont pas bien grosses, dit-elle, mais elles sont sucrées.

— Com… ment t'appelles-tu… ?

— Albertine… Mais on m'a toujours appelée Tinette.

— Tinette… Quel âge… ?

— Dix-sept le mois prochain.

— …

« Je ne sais plus ce que j'ai dit. La douleur a effacé les mots. Je pense au vent qui balaie les traces et déplace les dunes. Je suis ainsi, pareil au sable contre le vent. J'oublie. Je m'efface. Mais je suis toujours là.

« Elle a remis son mouchoir sous le revers d'une manche et repris sa cruche pour donner à boire à mon voisin.

« J'ai serré la pomme de toutes mes forces. J'ai voulu la vie de toutes mes forces. J'ai senti au bout de mon bras le poids de ce fruit gorgé de sève, de vent et de soleil. J'ai senti la force et la vieillesse de la terre qui nous porte si docilement. J'ai senti l'envie de mordre et de vivre. J'ai senti la femme que j'aime. Je l'ai serrée et pétrie avec une ardeur gémissante. La puissance dans ma main et l'impuissance dans mes yeux. J'ai serré fort pour ne plus entendre le canon, ni le claquement sec de la mitrailleuse. J'ai collé ma bouche à ce fruit défendu, et ma langue a léché de petites perles d'eau sucrée. J'ai voulu rentrer chez moi ; serrer ma femme et mon fils contre ma poitrine, contre mes joues, ma bouche. Oui, l'homme avait raison : y a qu'ça. Passer la porte de sa maison. Avoir les p'tits dans les jambes. Et si tout le monde rentrait chez lui ? Dans les deux camps, le même élan. Les tranchées qui se vident. Une immense marée d'hommes qui regagnent le pays. Une immense force qui décide simplement de dire non. De laisser les armes aux états-majors et aux politiques. Peut-on imaginer cela ? La fête dans toutes les villes et les villages, et la panique dans les ministères. Peut-on imaginer un seul de nos hommes politiques vivre une journée et une nuit de poilu dans la tranchée d'une première ou d'une deuxième ligne ? Peut-on les imaginer au milieu des poux, des rats et des obus ? Peut-on les imaginer partager un repas avec la troupe, ouvrir une boîte de singe et siffler leur ration de pinard ? Peut-on imaginer leurs têtes avant de franchir le parapet et de monter à l'assaut ? Imaginent-ils ce que c'est qu'un assaut à l'arme blanche, quand il faut enfoncer cette lame d'acier dans le corps d'un homme qui a lui aussi une famille, une femme, des enfants ? Qu'il faut ouvrir les yeux, les mains crispées sur le fusil, voir gicler le sang, s'y reprendre à deux fois ? Imaginent-ils ce que cela a de poignant ? Oui, rentrons dans nos foyers, et laissons ces furieux énergumènes, à la langue bien pendue, faire les bouchers à notre place. Assez de tueries et de vengeances. Tout est préférable à cela.

« Elle se retourne vers moi, et regarde la pomme dans le creux de ma main. Elle essaie de sourire. Un sourire grave qui ne fait guère bouger ses lèvres, à peine les pommettes. Elle serre sa cruche comme un enfant contre sa poitrine, avec une grande respiration, et toujours ce geste avec le plat de la main qui lisse le grès. Elle est debout a présent et recule avec de petits pas, puis baisse pudiquement son regard. On dirait qu'elle veut se faire pardonner de ne pouvoir donner davantage. D'une main, elle rajuste son gilet où un bouton s'est défait. Puis elle se penche, touche du doigt l'extrémité du brancard et me dit : “Dites ! J'espère qu'y vont vous évacuer ! On peut tout d'même pas vous laisser comme ça… ça fait mal au cœur !” Un rai de lumière est venu éclairer son départ. Une brillance sur la cruche a éclairci sa taille, et sa silhouette s'est fondue dans la poussière du soleil.

« C'est vrai qu'il fait beau ce matin ; ça sent toujours le vent du nord, le vieil hiver dont les regards glacés piquent encore les yeux, mais le vieil animal faiblit de jour en jour et cède sous les premiers assauts du soleil. C'est la grande volonté de la nature qui rompt sa prison de glace et jaillit avec audace au milieu des combats. C'est la grande espérance, indifférente au bruit du canon et aux cris des hommes qui meurent ou se désespèrent. C'est le ciel nettoyé, immensément bleu et profond, où l'oiseau dirige son vol en toute liberté ; c'est un rêve qui se déroule à nos pieds et verdit la prairie ; c'est un nouvel élan qui réveille l'âme, une lumière qui retentit comme un cuivre ; oui, c'est une belle journée sans le moindre doute, trop belle pour mourir. Oh ! que n'ai-je des ailes pour m'élancer avec elle et apaiser ma soif de vivre, faire sonner les cloches des églises et voir tous les chapeaux voler dans l'air libre ! Pauvre misérable que je suis, couché si près du sol, avec autour de moi des murailles aussi épaisses que celles d'un cachot où le soleil pourtant ruisselle comme une pluie derrière les vitrages peints. Les portes ouvertes tout à l'heure ont donné l'illusion de la vie. Des rayons de paille au-dessus de nos têtes, et le mouvement de la vie circulait à nouveau dans mes veines. Les paroles de cette jeune enfant, cette main qui a versé l'eau dans ma bouche, cette pomme pleine de patience et d'amour ont enivré de joie mon pauvre cœur. Mais la douleur ne s'est pas échappée. Ce n'est plus le printemps ni un oiseau qui chante que j'entends, mais une foule de godillots en marche. Une colonne qui monte au front sans doute, car le pas est plutôt bien cadencé. Toile de tente en bandoulière, musette et baïonnette au côté, cartouchière au-devant, bidon plein, fusil à l'épaule, et le cafard noyé dans la brume. C'est un troupeau de chair fraîche qu'on livre à la patrie.

« Des squelettes, des ruines et des tombes, voilà le spectacle qui hante mes insomnies. Je ne dors plus que trois à quatre heures par jour. Mes yeux sont fatigués. Des petits vaisseaux éclatent et troublent ma vue. Je garde alors les yeux mi-clos. J'ai parfois le sentiment de m'être assoupi, mais il n'en est rien. Quand cela m'arrive, le réveil est une véritable épouvante. Je rêve de ne pas revenir. Ma respiration est de plus en plus difficile et toute mon énergie est dépensée à ne pas perdre ce petit courant d'air. J'évite à mon cœur la moindre palpitation qui attise les blessures. Je m'étonne à chaque heure d'être toujours en vie. Je pense et repense aux lettres de ma femme, aux photographies de mon fils. Je pense à cet enfant qui va venir au monde. Peut-être est-il même déjà là. Ressent-il à distance l'amour d'un père qui est en train de mourir ? Je crois à cette force mystérieuse. À cette force de l'âme. Je m'accroche à la vie des autres, à leur moindre mouvement, au détail d'une étoffe ou d'un regard, à la plus petite des choses qui pénètre le cerveau et s'y cramponne comme un lierre aux barreaux d'une grille. Mon œil se pose et se repose avec le même entêtement que la mouche. C'est à devenir fou, car le temps est une coupe sans bord où nos lèvres succombent, insatisfaites de ne pouvoir saisir et savourer le moment même que nous vivons.

« Il n'y a pas une chose plus familière et douce que le rayon du soleil. Comment ne pas jouir de cette simplicité-là ? Il y a quelque chose d'infini dans cette lumière, quelque chose même d'incompréhensible…

ou de divin… Et dont mon âme devrait se réjouir. La beauté n'est-elle pas là, devant moi, nue et presque invisible ? Pourquoi m'apparaît-elle si effrayante et si désespérée ?…

« Un goût de sang dans la bouche. La puanteur autour de moi. Mes vêtements souillés et ce froid le long du dos… Assez… Assez… Je ne vois rien d'autre… Je ne sens rien d'autre que le mal… Je t'aime tant, ma chérie. Tu es vivante et jeune, mon enfant ! Mes enfants ! C'est interminable… Une petite dose, vite !… Écrire, ce n'est plus possible… Là… Là… Comme des coups de pierre sur la tête… Non, il ne faut pas bouger. J'ai lâché la pomme. Elle a roulé je ne sais où… L'autre qui me regarde à côté. Il me regarde… Des yeux effarés et il ne dit rien. Ma respiration est encombrée. Du sang encore. Et lui qui m'observe sans rien dire. C'est un gémissement qui sort de ma bouche… Comment… Comment faire comprendre tout cela ? Tout en moi se déchire… Tout en moi se défait… La lumière… Un incendie… On ne va pas me laisser mourir comme ça ! Où êtes-vous ?… Mon père… Ma mère… N'est-ce pas vous que je vois ?… Au milieu du salon, la lumière est si faible… Le silence est si grand que j'entends vos cœurs battre… Il y a la petite veilleuse qui brûle… La veilleuse qui attend mon retour… C'est étrange comme elle ne paraît pas effrayée. Elle est si calme… si calme… Ces choses-là sont incompréhensibles. »

11

On dit que les hôpitaux à l'arrière sont pleins. Saturés. Les hommes s'y entassent, étendus sur leur couchette ou effondrés simplement sur le dallage. On n'évacue alors que les blessés légers. Les uns sur Châlons, les autres sur Suippes ou Reims, ou bien encore par péniche pour les blessures à la tête, sur Paris au Val-de-Grâce. Ces dernières sont d'ailleurs si nombreuses que l'on commence à parler d'un casque pour les soldats.

On dit aussi qu'un commandant a réussi à se faire évacuer pour cause de varices.

Grand-Père, lui, ne sera pas évacué. Il est toujours là, depuis quatre jours, au creux de son brancard empesé de sang, la plèvre et les poumons déchirés. Une telle hémorragie ne laisse ordinairement aucune chance. Et pourtant, l'homme résiste et pense peut-être qu'il aurait pu être sauvé.

Les fourgons d'ambulance se remplissent. On évacue.

Une poussière de boue séchée s'élève et se mélange à la fumée des pipes et des cigarettes.

On emporte des blessés tandis que d'autres arrivent avec des nouvelles fraîches du front. Pas si fraîches que ça, puisqu'on recommence les mêmes bêtises. Attaques avec d'insuffisantes préparations d'artillerie sur des tranchées garnies de fil de fer et de mitrailleuses. Les généraux continuent de distribuer les ordres et les contrordres avec une maestria remarquable. Les soldats valsent de secteur en secteur sans plus rien comprendre. Et les hommes tombent, des pertes stupides, mais rien n'y fait. L'esprit qui règne dans les hautes sphères est toujours aussi borné. La dernière offensive aura coûté plus de cent mille blessés et cinquante mille tués.

On apprend que les Russes ont essuyé une violente attaque. Une canonnade qui a duré toute la nuit jusqu'à cinq heures ce matin. Un bataillon du 92e a reçu l'ordre de les relever.

Le médecin-chef est partout à la fois. Débordé d'appels, de cris, de râles, de suppliques… La tâche est impossible pour un seul individu. Le képi légèrement relevé sur le haut du front, il marche avec une canne qui ne lui sert guère d'appui mais plutôt de baguette pour orchestrer ses ordres dans un concert de hurlements extraordinaires. Insultes, jurons, chacun défend sa peau et mise non plus sur Dieu mais sur la chance pour faire partie du voyage. C'est une tragique loterie. Les yeux exorbités, fiévreux, sont tournés vers l'homme à la canne et font penser à ces joueurs de roulette dont le regard est mangé par l'espoir et la détresse.

Ceux qui ont encore l'usage de la parole ou qui, tout simplement, parlent français ont plus de chance que les autres. Certains ne parlent que le patois et n'ont appris le français que depuis peu, dans les tranchées. C'est le cas de ceux des régiments coloniaux, les Sénégalais en particulier, pour qui l'hiver a été rude et dont beaucoup sont morts de pneumonie. La chance, il en faut une bonne dose pour passer au travers de cette gigantesque tuerie, de ce cortège d'horreurs.

Un homme est sorti de l'ombre de l'un des bas-côtés et, à l'aide d'une béquille, avance vers l'allée centrale. La rage semble collée à ses lèvres. D'une main, il exhibe un quotidien et, après avoir cherché en vain un rayon de lumière pour mieux se mettre en scène et éclairer les feuilles de son journal, il s'arrête puis s'adresse d'une voix ferme à l'assemblée tout entière :

— Hé ! Les gars ! Écoutez-moi ça ! « Une lettre de soldat » dans le *Petit Parisien* du 6 janvier 1915 et qu'ces messieurs d'la presse nous ont soigneusement sélectionnée ! Voyez plutôt l'bourrage de crâne !

Le brouhaha a cessé peu à peu quand le blessé a commencé à lire sous l'œil complice de l'abbé et du médecin-chef.

— Lettre d'un télégraphiste, les gars, tenez-vous bien ! Il écrit à sa mignonne, voilà : « Il y a entre nous deux cette seule différence… Que tu couches dans un lit et moi dans la paille. Mais tu n'as pas le plaisir de t'endormir au son du canon et des mitrailleuses. J'ai cet avantage sur toi. Ici, la vie est très gaie et chacun semble oublier que des parents et des amis attendent dans l'anxiété. Pour ceux-ci, il faudrait qu'il leur soit permis de voir ce qui se passe autour de nous. Ce serait pour eux une consolation, et radicale ! »

Des sifflets et quelques jurons sont venus interrompre l'homme qui relève un court instant les yeux pour savourer son effet. Il est obligé d'élever la voix pour continuer :

— … « et radicale ! J'ai l'occasion, chaque jour, de parler à des soldats qui reviennent des tranchées ou qui y retournent. Ils sont unanimes à déclarer que l'existence sur la ligne de feu est très supportable et qu'ils savent s'y distraire… »

C'est un vrai chahut, à présent. Certains ont pris leur quart, d'autres une de leurs chaussures cloutées, et ils cognent à terre ou sur la pierre d'un pilier. Des brancardiers arrivent aux portes et regardent le spectacle, un fier sourire aux lèvres. La sœur infirmière est apparue elle aussi, et a porté aussitôt ses mains aux tympans puis s'est dirigée vers le médecin-chef, contrainte de lui parler à l'oreille pour se faire entendre.

L'homme poursuit dans cette arène où désormais chaque phrase est accueillie avec des huées et un tel vacarme, amplifié par la voûte, qu'on se croirait à une corrida quand le taureau se fait siffler.

— … « Quand ils sont dirigés sur l'arrière pour se reposer, ils n'y voient qu'un avantage, celui de pouvoir changer de linge et de se laver !… Dans les hôpitaux, le stoïcisme avec lequel les soldats blessés grièvement supportent leur souffrance est admirable !… Du reste… Du reste, chacun attend très patiemment et avec sérénité… et avec sérénité les événements qui nous donneront la victoire ! »

L'exaspération est à son comble. La colère des hommes est grande devant une telle propagande. C'est une insulte à leurs souffrances et les commentaires n'ont pas attendu la fin de la lecture. De toutes parts, on entend :

— Belle salope de presse !

— Qu'y z'y viennent un peu par ici, tous ces planqués, s'prendre quelques marmites en pleine poire ! Y pourront p't'être se faire photographier à la sortie du spectacle !

— Si j'l'attrape, c't'enfoiré d'journaleux, j'lui fourre la tête dans l'cul !

— C'est comme l'autre, là, comment qu'c'est son nom, une vedette encore çui-là…

— Maurice Barrès !

— … Ouais ! C'est lui, un bon salopard encore, qui fait sa merde dans *L'Écho de Paris,* faut voir la connerie, nom de Dieu !

— … Et qu'y sont payés, mon gars, plus que tes cinq sous par jour !

— On est trop cons, nous autres…

— Donnez-moi une grenade !… Une assez grosse pour faire sauter l'arrière !

L'homme a sorti un briquet de sa poche et a mis le feu au journal, lequel s'est enflammé sous les regards réjouis, déclenchant une salve d'applaudissements et de sifflets nourris.

Il a fallu un bon quart d'heure avant que le tapage s'apaise et que l'activité des soins et le transport des évacués reprennent.

— Tiens, y a plus grand-chose, mais j'te la laisse… En souv'nir… dit le voisin de Grand-Père en lui tendant une petite fiole sans étiquette, remplie au tiers d'un liquide ambré. Ça vient d'chez moi... Le Gers, tu connais ?... C'est d'la gnôle... Mon dernier colis. Hé ! dix ans d'fût, ça commence à faire ! Ah, c'est pas une boisson d'jeune fille, malgré qu'ça a un p't'it goût d'violette... Moi, j'suis du prochain fourgon, alors avant d'partir... Tiens, c'est pour toi.

Les deux mains se joignent et la fiole passe dans celle de Grand-Père.

L'autre continue de faire les questions et les réponses.

— Où c'est qu'on va m'emmener ? Ça, j'en sais fichtre rien, mais quand j'verrai qu'on a passé les gendarmes, c'est qu'on sera pépère, ça j'te l'dis !... C'est encore une belle bande de peaux d'vaches, ceux-là, qui sont capables de vous tirer comme un lapin à c'qu'y paraît. Oh ! mon vieux, c'est qu'à l'arrière, c'est une aut'vie ! Pour sûr qu'tous ces cons qui écrivent sur not'dos, y feraient pas long feu dans l'secteur... Dans l'prochain fourgon, mon vieux... J'ose pas y croire... Et si c'était, nom de Dieu... Qu'ça soit pas vrai, et qu'y est plus... Oh ! nom de Dieu... Des conneries que j'raconte... hein ?... Y ferait beau voir qu'un trou-du-cul prenne ma place !... Oh là là, ça y est, j'ai la sueur qui r'monte... Ça m'colle... Et ça pue la merde ici, y a pas d'air... Mais non, c'est l'autre derrière avec son pot, y nous en chie une belle ! Alors, qu'est-ce qu'y foutent, bon Dieu, tu vas voir qu'y vont m'laisser là, ces abrutis. Hep ! par ici !... Faut gueuler, j'te dis, sinon y t'oublient. Hé ! toi, là-bas ! tu m'entends ?... À quoi ça lui sert à lui des oreilles aussi grandes ?... Hé ! t'es bouché, ma parole !... J'suis même pas blessé et tu vas voir qu'y vont m'laisser sur l'carreau... Ah non, quand même... les v'là qui viennent on dirait... Tu vois, faut gueuler, j'te dis... Allez, mon gars, bois un coup à ma santé... Et pis... Et pis bonne chance, quoi... Et ton nom au fait... C'est quoi ton nom ?

— André M...

— J'm'en souviendrai.

« Non, ai-je pensé, mon nom s'effacera de ta mémoire si la vie te sourit. Dans son éternelle solitude, l'homme est accaparé par la recherche de son bonheur personnel. C'est une limite à son intelligence. Et la quête de cette illusoire possession l'écarte de la vérité et l'entraîne dans une insatisfaction et des tourments toujours plus grands.

« "J'm'en souviendrai."

« Qui se souviendra de nos luttes et de nos souffrances, à vivre ainsi moins que des bêtes ? Qui se souviendra de nous qui avons fait notre devoir dans des conditions si effroyables que nul ne pourra même l'imaginer ? Qui se souviendra de cette immonde boucherie tandis que nos journaux exaltent l'héroïsme et le patriotisme ? Il n'y a pas de héros, mais des malheureux, des paysans pour la plupart, qui sont venus se faire tuer par devoir et sans reconnaissance.

« S'imaginent-ils, ces journalistes qui écrivent si bien à l'arrière, chaudement assis dans leur salle de rédaction, que nous chargeons la fleur au fusil et le sourire aux lèvres ? Que nous sautons le parapet en chantant la romance ? Un article patriotique devrait être écrit au poste d'écoute des sentinelles avancées. Et puisque ces gens-là répètent que mourir pour la patrie est le sort le plus beau, pourquoi ne viennent-ils pas le partager avec nous ?

« Des leçons de patriotisme, le soldat n'en accepte que de son chef, qui, le premier, lui montre, de son épée nue, la tranchée ennemie.

« S'imaginent-ils qu'un coup de sifflet ou qu'une ration de gnôle en plus suffisent à faire sortir la troupe ? S'imaginent-ils que les beaux discours décident un homme à se faire tuer ? Il faut un chef, une voix solide et qui ne tremble pas.

« Oui, qui se souviendra de nos assauts inutiles et meurtriers ? Qui se souviendra de nos sacrifices ? Aujourd'hui même, les rues et les trottoirs ne sont-ils pas noirs de monde ? Les cafés et les boutiques ne marchent-ils pas comme il faut ? Voyez les restaurants et les brasseries, ne sont-ils pas remplis d'une foule joviale et affairiste ? Et les théâtres ! Voyez les théâtres où il se joue en ce moment un nombre formidable de revues ! Chaque jour, on nous oublie. On nous enterre dans une cruelle indifférence. Le civil s'habitue à la guerre. Et puis toujours ce petit bonheur personnel qui occupe la place, qui fait que chaque individu se sépare peu à peu de l'autre, qu'on oublie si vite le malheur, les paroles d'hier, que tout reprend le pli, comme si de rien n'était.

« Oui, qui se souviendra de nous ?

« Aurons-nous même existé ? »

« Et cependant, que de lettres autour de moi auront été écrites, sur un bout de planche, sur la banquette de tir ou bien encore sur le havresac, et dans les circonstances les plus tragiques, dans le silence épais et suffocant qui précède l'assaut ; que d'affection et de baisers griffonnés dans un trou d'obus ou dans une sape mal éclairée, où l'eau suinte et tombe goutte à goutte sur le papier ! Que d'espoir et d'amour dans ces correspondances qui effacent pour un instant la torpeur et l'angoisse ! Des mots insignifiants, des phrases maladroites mais qui valent toutes les pages d'un roman.

« Que de femmes auront été aimées de loin pendant cette guerre, plus qu'elles ne le seront jamais. Les lettres resteront, malgré la censure, comme le plus beau témoignage de ce que nous avons vécu, et de ce pour quoi nous nous sommes battus.

« Toutes ces jeunesses fauchées serviront-elles à quelque chose ?

« Toutes ces ardeurs broyées seront-elles à jamais perdues ?

« Hélas ! Ces milliers de lettres ne feront pas un rempart à la folie des hommes. Mon Dieu, que ces bouts de papier remplis de larmes et d'impatience paraissent bien légers et futiles !

« Qui se souviendra ?...

« On dit que la pierre de Bologne, exposée au soleil, se pénètre de ses rayons et éclaire quelque temps dans la nuit.

« Que nos croix, dressées en si grand nombre, aient un peu de cette lumière-là ! »

12

Brouillon de lettre de Grand-Père à Odette, écrit à la mine dans son petit carnet et daté du 4 mars 1915. En raison de l'autocensure, la lettre n'a sans doute pu être envoyée telle quelle.

Ma bien-aimée,

Ce soir, le ciel brille d'étoiles. Le croissant de la lune est rouge. À cette heure tout est calme. Je suis allé m'étendre un peu sur une paille humide. J'ai regardé les photographies de Jacques que tu m'as envoyées, debout sur ses petites jambes. Il m'est difficile de l'imaginer en train de marcher. Pour moi, c'est toujours un bébé. Commence-t-il à parler ? Merci, ma chérie, pour toutes les nouvelles que tu me donnes. Si tu voyais la tête de mes hommes quand le vaguemestre arrive avec le courrier ! De ces visages durcis et crasseux surgissent toute l'impatience et la tendresse de retrouver les siens. Il y a de ces brutes qui soudain paraissent si fragiles, une lettre entre les mains. Nous sommes tous faits de la même façon. On a besoin d'amour comme de boire.

Je veille sur ceux qui ne reçoivent rien. Le cafard est l'ennemi du soldat. Il me faut trouver les mots justes, le clin d'œil, la petite attention qui maintient le moral et cela n'est guère facile, crois-moi. La cohésion de la troupe et la vigilance à toutes les injustices qui viendraient la miner me semblent être le facteur essentiel à toute réussite. Ce n'est pas toujours le cas chez l'officier d'active qui vient parfois jalousement nous pourrir la vie et faire d'un détail une affaire d'État, dans le seul but d'assouvir son besoin de supériorité et surtout de nous faire perdre notre temps.

La nuit dernière, dans l'obscurité froide, j'ai relevé le capitaine Poulain, un brave homme tout rond. Il y a des êtres comme cela qui vous sont immédiatement familiers, pourvus de ces dons naturels qui attirent facilement la sympathie et la confiance. Poulain en fait partie. Inutile d'entendre le son de leurs voix ; tout cela passe dans le regard, l'attitude.

Ici, les hommes ont le coup d'œil et la peau de vache est vite débusquée ; de même les sobriquets rapidement attribués. Causse, mon sous-lieutenant, se fait appeler « le colvert », et sais-tu pourquoi ? Simplement parce qu'il marche en canard. Un autre encore, assez drôle celui-là : pour notre colonel qui est plutôt de petite taille, les hommes n'ont rien trouvé de mieux que de le surnommer « Fa dièse ». As-tu deviné ? Eh bien parce que le fa dièse est le plus près du sol ! Avoue tout de même qu'ils ne manquent pas d'esprit ! Un autre, moins glorieux celui-là, pour un pauvre imbécile, il n'y a pas d'autre mot, qui se fait appeler, depuis les attaques de Perthes des 25, 26 et 28 février derniers, « le boucher de Perthes », pour avoir, malgré le contrordre d'attaque, envoyé les hommes du 101e se faire tuer inutilement ; les avoir fait sortir par quatre fois pour prendre une tranchée distante d'une vingtaine de mètres avec une seule brèche dans le réseau de fil de fer ennemi. L'hécatombe fut inouïe. À la première attaque, il y avait déjà, paraît-il, cent vingt-sept hommes par terre dont soixante-dix tués. Aux survivants, il n'a rien trouvé de mieux que ce nouvel ordre d'attaque : « Le 101e ne sera pas relevé avant que la tranchée ne soit prise. »

Quand je pense qu'on fait passer au conseil de guerre le malheureux poilu qui aura eu, au milieu des pires misères, une minute de défaillance et que des chefs, sans même se donner la peine de reconnaître leur ligne – et sans doute par frousse –, font massacrer des hommes sans le moindre scrupule en espérant un avancement dans la Légion d'honneur ! Un champ de bataille n'est jamais très beau à voir, mais ce qui se passe à l'arrière est parfois bien pire.

Quant à moi, les hommes ont appris, et je ne sais d'ailleurs pas comment, que j'avais été deuxième au concours général de grec ancien, et je dois dire que cela les impressionne bien plus que n'importe quel galon. Ils me respectent et je n'ai pas trop de problèmes. Sans doute parce que je partage leur quotidien, et que je ne déploie pas toute mon énergie pour être cité à l'ordre du jour, ni pour être constellé de palmes. Mon unique souci est de préserver la vie de mes hommes et d'éviter les pertes inutiles. À vrai dire, je ne vois pas d'autre intérêt au commandement. La troupe me le rend bien. Je ne manque jamais de petits cigares dont elle veille à m'approvisionner ; et écrivant cela, je m'aperçois que je suis en train de fumer le dernier de la boîte.

Au loin, les coups de canon s'espacent. Il est bientôt minuit. Je laisse mon cigare s'éteindre. Je vais dormir un peu, en espérant que les totos me laissent tranquille et… (Ici, plusieurs mots rayés.)

À deux heures, je suis sorti de ma cagna pour faire une tournée des tranchées et des petits postes. J'ai rencontré un veilleur allongé à plat ventre sur le parapet et endormi sur son fusil. Une bourrade dans le dos et le pauvre bougre se réveille, balbutie des excuses et reprend sa faction. Je lui demande de remettre un peu de boue sur sa baïonnette afin que la lune n'y accroche pas de reflet, ce qu'il fait aussitôt.

Je devrais porter une punition pour ce motif. Je ne l'ai jamais fait. On en fait bien plus avec quelques mots qu'avec une punition. On obtient souvent davantage par la générosité ou l'honnêteté que par la force.

Il y a une chose sur laquelle je suis draconien et pour laquelle je n'accepte pas d'excuses. C'est l'entretien des boyaux et des tranchées. Si tu savais la négligence dont l'homme est capable. À vivre au milieu d'immondices et à accumuler les débris de toutes sortes sans réagir ; à se laisser croupir dans un trou crasseux, couvert de boue et de vermine, allongé sur une paille pourrie où fourmillent les poux. Je lutte tous les jours contre ce laisser-aller les corvées de quartier sont sérieuses. Les hommes voient bien la différence, mais cela chez eux n'est pas chose naturelle. L'homme est sale, profondément. Certains n'ont pas retiré leurs souliers depuis je ne sais combien de temps. Nous n'avons pas d'eau pour nous laver, mais je demande à tous de se frotter, de s'essuyer, de faire, autant qu'ils le peuvent, une toilette régulière. Quant à moi, j'utilise l'eau de Cologne que tu m'envoies. Quelques gouttes suffisent le matin pour se sentir propre, même si cela n'est qu'une vague apparence. Certains trouvent le moyen de se raser.

L'entretien de la tranchée est un travail journalier et la pluie notre pire ennemi. Le plus dur est de refaire toujours la même chose, car dès que les Allemands entendent nos maillets, on a le droit le lendemain à quelques marmites. Il faut alors tout recommencer et ne pas se décourager. Travail de fourmis. Patience de fourmis.

Toujours pas de permissions à l'horizon. Les hommes commencent à râler, et il m'est difficile de ne pas leur donner raison, surtout qu'il y a pas mal d'embusqués pour qui la guerre est avant tout une affaire de paperasses et de bons à signer.

La première permission que je touche, et je t'invite chez Faucher, avenue de Wagram. Il nous régalera comme il sait si bien le faire, avec l'humour de ceux qui ne se prennent jamais au sérieux. Combien de jours encore à attendre dans cet enfer avant de nous asseoir à sa table et de partager avec lui et sa charmante femme (dont Ingres aurait pu s'inspirer pour son Odalisque à l'esclave*) un bon millésime de sa cave que je connais presque par cœur, et pourquoi pas un Cos d'Estournel dont j'apprécie le caractère épicé, la puissance et l'élégance raffinée des vins de l'Orient ? Tu vois que mes projets sont pleins de bon* *sens et mon moral toujours solide, malgré l'horizon encrassé de cette ligne de feu.*

Il faudra bien que cela cesse un jour et que les États-Unis d'Amérique se décident à entrer dans la guerre à nos côtés, ce qui mettrait un terme à cet enlisement dans lequel nous sommes et dont nous ne sortirons qu'avec un rapport de forces bien supérieur. On nous parle d'un nouvel uniforme « bleu horizon » que nous devrions toucher le mois prochain. S'imaginent-ils que cela va effrayer les Allemands, qui continuent de nous bombarder tant qu'ils le peuvent ? Il est vrai que nos capotes bleues et nos pantalons rouges sont parfaits pour nous faire remarquer mais c'est plutôt de l'artillerie dont nous avons besoin et de bons artilleurs qui repèrent nos fusées pour allonger le tir. Il n'est pas rare qu'ils nous arrosent avec leurs 75. Le commandement ne semble pas avoir compris que le roi de cette guerre, c'est le fil de fer barbelé qui immobilise le front et fait la supériorité actuelle de la défense sur l'offensive. Il est vrai que, pour le savoir, il faudrait avoir fait quelques séjours dans la tranchée.

La lune est plus basse dans le ciel et légèrement voilée. Que la Terre doit être belle et calme vue de chez elle ! Quand le temps le permet, je ne manque pas de contempler cet astre qui fait même taire les combats. Les nuits claires sont souvent calmes. C'est le moment pour le soldat d'apprécier une pipe, une cigarette, de relire son courrier, de regarder les étoiles et d'oublier son triste sort. Qui sait de quoi demain sera fait ? Ici, on ne parle pas d'avenir. C'est un mot qui n'a pas de sens. On est un peu sur le présent comme un chien sur sa gamelle. On a peur bien sûr ; mais personne n'en parle. On s'inquiète plus des bidons d'eau que de la mort qui nous frôle tous les jours. C'est inouï mais c'est ainsi ; c'est une sorte de logique, quelque chose de viscéral.

Si tu voyais ces visages baignés par la clarté de la lune, ces yeux remplis de jeunesse et de gravité cherchant dans le ciel on ne sait quelle douceur, ces visages épaissis de barbes, ravinés de fatigue et qui soudain, brutalement calmes, se rehaussent d'une joie simple et mortelle, la tête et le corps penchés sur une mer d'étoiles tandis que le tabac humide des pipes transforme les bouches en cheminées de bateaux à vapeur ; si tu voyais cela, comme je le vois parfois, tu penserais la même chose que moi, qu'au fond de ces yeux endurcis et effarés il n'y a qu'une enfance qui s'échappe et part en fumée.

Ce qui est terrible, vois-tu, c'est de se taire et de garder cela pour soi. De voir ces vies, suspendues dans l'air du soir ; de voir ces yeux animés, ces bouches brûlantes et de penser que tout à l'heure, demain ou après-demain, ces corps inertes et froids ne seront plus qu'un festin pour les vers ou les rats et qu'il faudra creuser une fosse, dire quelques mots sans s'émouvoir et, très vite, reprendre les gestes de la guerre comme si de rien n'était.

« Mais quelle épaisse nuit tout à coup m'environne ?
De quel côté sortir ? D'où vient que je frissonne ?
Quelle horreur me saisit ? Grâce au ciel j'entrevois…
Dieux ! Quels ruisseaux de sang coulent autour de [moi ? »

Comment ne pas prendre ces vers d'Oreste à mon compte ? Ils sont si justes et si vrais à toute heure du jour.

Dans ce désert puant, boueux, criblé de balles, d'éclats d'obus et de grenades, on ne peut pas croire qu'il y ait encore des êtres vivants. Il y a parfois des blessés qui restent sur le champ de bataille, dans un trou ou accrochés aux barbelés, on les entend gémir, appeler, râler… et impossible pour les brancardiers d'aller les chercher en plein jour, il faut attendre la nuit quand on le peut, et bien souvent il est déjà trop tard. C'est ce sentiment d'impuissance qui est le plus odieux à supporter. De ne pouvoir rien faire contre la souffrance d'un pauvre gosse, et qu'il porte une vareuse bleue ou grise, qu'il dise « maman » ou « mutter », on a la même nausée, le même dégoût d'être un homme. Il n'y a rien de plus laid que le genre humain.

On entend parfois : « Il faudrait l'achever, mon lieutenant ! »

Alors, dans ces moments-là, on aimerait dire oui, qu'on lui tire une balle dans la tête et que cela finisse. Mais on ne peut pas. On attend que les brancardiers puissent faire leur travail. On se dit qu'il y a peut-être un espoir. On se ment. On se ment avec force. On se dégoûte.

Il y a aussi les coups de main qui réussissent.

La nuit, peu à peu, se dilue. Le jour hésite au bord de l'horizon. La nuit a été calme et cependant je n'ai guère pu dormir. J'ai gardé les yeux ouverts, observant les tremblements du halo de lumière de ma lanterne sur la paroi de planches. Le ronflement de certains poilus est si bruyant que les Allemands ne doivent pas en perdre un souffle. Les lignes de feu sont si proches les unes des autres, la proximité est telle, que nous avons parfois cette impression de vivre sous le même toit, et curieusement un homme qui rote, qui tousse, un homme qui éternue ou bien encore qui ronfle, c'est un peu de fraternité qui passe entre nos lignes. Les Allemands ont même des amplificateurs pour écouter tout ce qui se passe chez nous et prévoir nos actions. De là à prendre ces ronflements pour de la ruse, il n'y a qu'un pas qu'ils franchissent souvent. Il n'est pas rare d'entendre soudain quelques coups de Mauser ou une rafale de mitrailleuse déchirer ainsi le silence et faire surtout rouspéter la troupe. C'est alors un bourdonnement de voix, puis très vite le silence regagne les sapes.

J'écris le soir, après avoir fait mon rapport de la journée. Je pense à toi bien sûr, à ta vie loin de moi. Mes yeux te cherchent sur mon petit coin de table. Je dessine très mal, mais il m'arrive de faire à la mine le croquis d'une pièce, d'un jardin, d'un endroit où je t'imagine. Ma main n'a hélas pas le talent que je voudrais. Je reste parfois devant ma feuille avec mille choses à te dire, et impossible d'écrire le moindre mot. Je couds les phrases dans ma tête, et il m'arrive d'en répéter une seule inlassablement, imitant ainsi sans le vouloir la goutte qui ne cesse de se former au plafond sous un des madriers et qui tombe sur le sol dans la petite cavité que les autres ont fini par creuser…

C'est ton odeur qui me manque, l'odeur de ta peau, la douceur de ta joue, la bonté de tes lèvres, la caresse de tes yeux… ta tendresse, ta chaleur, ton sourire… Ta confiance…

Ici, plusieurs pages ont été arrachées.

Le texte qui suit n'est pas daté. Il a sans doute été écrit plus tard. Le dernier, peut-être, avant l'ultime assaut.

… J'ai pu dormir un peu. Je me suis réveillé la joue collée à la paroi humide. Je reprends conscience lentement. Je me lève en chancelant et heurte ma lanterne éteinte. Le petit matin est là, menaçant et brumeux. Il fait froid. On peut même voir quelques flocons de neige fondue. Les fusils dressés contre le parados sont enduits de cette boue visqueuse qui ressemble plus à un mastic qu'à de la terre.

Et que voit-on dès le réveil ?

Des cadavres étendus depuis des mois dans les trous d'obus ou des tranchées abandonnées.

Une colonne allemande est signalée à une dizaine de kilomètres au nord. Nous n'allons pas tarder à nous battre.

13

Le fumier fume dans la cour, et la brume dépasse à peine la hauteur des toits. Ce matin, les derniers habitants de Saint-Jean sont évacués.

Quelqu'un a dit : « Allez chercher les vieux, on va pouvoir maintenant. » Thérèse s'est tournée vers sa fille et lui a dit : « Allez, va dire aux parents qu'c'est l'heure. »

Alors Tinette a posé ses paniers puis est allée à la porte d'où sont sortis deux hommes, l'un chargé d'un matelas, l'autre de caisses à vin. Bien avant le jour, les hommes ont commencé à vider la maison.

Un dos étroit et courbé passe le seuil de la maison. C'est la grand-mère suivie bientôt de son mari aidé d'une canne, un teint cireux, une moustache blanche teintée de nicotine, des cheveux aussi clairs que la neige sous un chapeau gris taché de graisse. Il marche derrière sa femme que Tinette, en lui prêtant le bras, accompagne vers le chariot à ridelles. Un homme est là qui tient les chevaux, tandis que Thérèse aide la mère et le père à grimper. Au milieu de la cour, deux hommes empilent tout un fatras sur une charrette à bœufs. Un autre taille une longue tartine de pain frais sur le velours usé de son veston éclairci de farine. Après avoir fini de charger, leurs mains se rassemblent autour du pain et d'un morceau de lard. On débouche une bouteille sans étiquette, une tête se renverse, une bouche s'ouvre, et le vin, couleur de mûre, coule à petit filet.

Là, il y a deux gendarmes qui discutent, une cigarette au bec. Là, une poussette remplie de victuailles, dont un jambon dans son linge. Là, un enfant chaussé de sabots, une écharpe nouée au cou, se décrotte le nez au-dessus d'une cage à poules. À l'autre bout, des bêtes quittent l'étable et avancent, craintives, collées les unes aux autres. Il y a des chiens qui reniflent le départ et passent d'un groupe à l'autre, d'une conversation à l'autre, comme s'ils cherchaient à connaître la nouvelle destination.

Le vieux et la vieille sont assis maintenant et regardent ce remue-ménage sans dire un mot à personne. Ils semblent déjà loin, déjà partis. On finit de boucler, de sangler, de ficeler, il faut maintenant partir ; les attelages s'ébranlent, les roues cerclées de fer grincent sur les cailloux de la cour, le cortège est en marche. Tinette suit sur le côté, une pèlerine sur les épaules, et un panier d'osier au bras. Tout près d'elle, son jeune frère, perché sur la charrette, la taquine à l'aide d'un bout de ficelle et tente d'attraper les plumes de son chapeau.

Thérèse s'est retournée vers la maison aux volets clos ; elle noue son fichu en regardant sa cour, ses murs, son toit, qu'elle n'aurait pas voulu quitter. Pas de larmes dans les yeux, juste une ombre qui passe comme une page que l'on tourne. Mais il est digne et fier, ce regard ; c'est une vie entière qui l'habite. Il a tant à dire et cependant il se tait. C'est un regard qui ne fuit pas, c'est un regard de femme, de paysanne.

Un gendarme s'est approché :

— Il ne faut pas pleurer, dit-il.

— Mais je ne pleure pas, répond Thérèse.

— N'ayez pas d'inquiétude…

— Vous êtes de la ville, sans doute ?

— Je voulais dire : il faut penser à l'avenir.

— Nous autres ici, on pense au passé. Parce que l'passé c'est tout c'qu'on a.

— Et la victoire ! il faut penser à la victoire.

— Mon pauvre, la victoire, comme vous dites, c'est bon pour les coquins, pas pour nous autres.

— Vous n'y croyez pas ?

— La victoire ?… de quoi ?… de qui ?… Pardonnez, mais j'ai pas l'cœur à parler.

— Je voulais pas…

— Y a pas d'mal, dit-elle.

Puis elle regagne la colonne qui emprunte la route à présent semée d'épaves et de décombres. D'autres arrivent, là-bas, avec une charrette à bras. Peu à peu une colonne se forme et avance dans le brouillard qui ne s'est pas levé.

Les silhouettes s'éloignent, s'amenuisent, les conversations disparaissent ; on n'entend que le fer des sabots et des roues qui résonne dans l'air. Tout s'évanouit peu à peu, et la vie s'éteint dans le petit village abandonné. Il ne reste qu'un murmure sourd et lugubre, une voix d'outre-tombe, celle du canon, au loin, étouffée par le poids des nuages, mais qui fait toujours trembler le ciel.

Ils ont marché pendant une heure.

Deux heures peut-être.

Raidis par le froid, ils marchent. Ils marchent encore. Les souliers ferrés cognent la terre qui frémit comme un tambour. Un vieux se racle la gorge et crache dans la boue durcie. Le vent vient par le côté et fait tourner les visages. Les mains agrippent le tricot ou la pèlerine. Il y a des cols relevés jusqu'au menton, des cache-nez, des foulards, des peaux de bêtes, des fichus aussi serrés qu'un garrot, on se protège, on rentre la tête dans les épaules.

Il faut marcher.

Toujours marcher. Traverser un petit bois rabougri, puis de nouveau un chemin à travers les champs où les herbes ont été couchées par les pluies. Les bêtes suivent docilement, tandis que les chiens circulent de l'avant à l'arrière. Les femmes pensent à leurs hommes en pinçant les lèvres et en serrant les poings.

Il faut encore marcher. Éviter les cailloux, les racines, les ornières, ne rien mettre dans ses yeux que la volonté de marcher, de mettre un pas devant l'autre, de suivre le gémissement des essieux, le cliquetis des ferrures, le grincement des ressorts, garder le pas et mettre tout son poids dans cette lente mouvance pour ne faire qu'une vague sombre dans la campagne, pour n'être qu'un seul homme, qu'une seule femme, qu'une seule douleur.

Des naseaux et des bouches, s'échappe en cadence une buée, qui trace dans l'air humide une impression de froid. On parle peu de peur de manquer de souffle. La route est longue.

Marcher.

Marcher. Ne rien dire de tout ce qu'on a sur le cœur, même si l'on reconnaît un coin de pays, un arbre, un sentier, un bosquet, de toutes ces choses avec lesquelles on a si bien vécu. Ce vent, même, contre lequel on s'est frotté, cette herbe fraîche avec laquelle on s'est débarbouillé. Ne rien dire et garder sa douleur pour le soir, quand on éteint la lampe et que la lumière du souvenir jaillit et rougeoie la nuit entière aussi silencieusement qu'un brûlot.

« Ça s'retourne comme une tranche de lard », disaient les hommes d'ici en parlant de leur terre.

La terre, elle était pleine de leurs regards. Elle semblait chaude encore de l'amour qu'ils y avaient laissé. Pour les vieux, c'était dur de marcher à ses côtés et de ne pas aller la toucher ni lui parler. Ils pensaient aux moissons que la guerre avait interrompues, aux hommes qui n'étaient pas revenus. Les femmes avaient pris leurs places, et voilà qu'à présent elles quittaient le village.

Le semoir, le butoir, la charrue, le rouleau, la houe, le fléau, le couteau à foin, autant de vies brusquement arrêtées, rangées dans l'obscurité des granges. Oui, les hommes disaient vrai. Au temps des labours, le soc réveillait la terre et la découpait en mottes aussi brillantes qu'une tranche de lard. Les vieux se souvenaient. Des images inusables, aussi vives et tranchantes que le coutre de la charrue.

Le temps des labours…

Chaque fois, on sentait l'homme prêt à s'arrêter. Le cheval aussi donnait moins du collier ; on le voyait de loin, comme au ralenti, presque immobile, enlisé, mais le rythme des jambes et la force des bras poussaient à faire davantage. Un coup de collier et le harnais vibrait jusque dans les mains de l'homme. Le pas s'enfonçait dans la terre. L'effort avait du bon. Il fallait garder la trace, et l'œil s'y collait. La poitrine en avant, la tête penchée légèrement sur l'épaule, le pied ouvert pour garder les appuis. Les lignes se succédaient et la sueur venait sur la chemise. C'était l'ivresse de l'effort ; il s'arrêterait pour boire, mais il ne buvait pas encore. La soif, elle passait vers le milieu du champ, puis elle revenait plus forte au bout du sillon. Garder le rythme était plus important que la soif. Il y pensait à cette boisson de cidre frais. Il la voyait miroiter dans la cruche. Et cela suffisait pour repartir. Une ligne, puis une autre, la terre changeait de couleur, le soleil parfois montait dans le ciel clair, et l'ombre se faisait plus étroite. Il voyait ainsi les heures qui passaient et la soif, bientôt, habitait tout le corps. Alors il s'arrêtait, le poil mouillé de sueur, décollait la casquette du front et buvait à la gourde de grandes gorgées, calmement, la paupière à demi close, tandis que les oiseaux fouillaient les sillons de leur bec et volaient à la terre tous ses vers mis à nu.

Oui, les hommes disaient vrai. Chaque saison avait sa peine, sa soif. C'était le temps où les hommes parlaient. Mais aujourd'hui ils ne parlent plus. Comme eux, la terre est muette. Taciturne. Adossés aux ridelles, ils fument silencieusement la pipe et la fumée s'effiloche au-dessus du convoi.

Tinette marche à côté de sa mère. Dans le panier que porte la jeune paysanne, il y a le pain fait de ce matin, enveloppé dans un linge. L'odeur s'évade à travers l'osier. C'est une odeur pleine de bonté ; les narines de la jeune fille s'écartent par instants, et donnent au visage l'expression d'une enfant qu'on console.

Furtivement et à la dérobée, comme si son regard pouvait blesser, Thérèse observe sa fille. Elle remarque que sa Tinette n'est pas celle des autres jours. « Elle grandit », pense-t-elle. Mais une chose plus singulière apparaît dans ce visage qu'elle semble soudain découvrir. Ce sont ses yeux. Des yeux agrandis, égarés dans l'espace. « Après tout, c'est à moi de lui parler, se dit-elle, et puis une fille de son âge, ça devrait penser à autre chose qu'à la guerre. » Elle regarde encore Tinette dont le corps est entièrement fait. « Un corps de femme », pense-t-elle. Puis encore : « Ma petite fille, tu as grandi trop vite. Il faut parler. »

Elle dit :

— À quoi penses-tu ?

— À rien, répond Tinette.

— À rien ? Moi, je te dis que tu penses à quelque chose.

Puis, après un silence, elle ajoute :

— Allons, ma fille, dis voir à quoi tu penses. C'est pas bon de garder les choses à l'intérieur.

Tinette souffle sur une mèche qui lui tombe sur le nez. Elle fait plusieurs pas avant de répondre enfin :

— À cet homme blessé à qui j'ai donné une pomme.

— Une pomme ?

— Oui, une pomme de chez nous. Mais le pauvre ne pouvait rien manger.

— N'est-ce pas ce lieutenant blessé à la poitrine ?

— Oui, des yeux bleus aussi… un bleu si pâle…

— J'ai essayé de lui donner la soupe, l'aut'soir, y voulait même rien prendre. Mais une pomme, ma pauvre fille, en voilà une idée, dis-moi !

— Je n'sais pas. J'avais cette pomme sur moi et je n'savais plus quoi dire. Ça s'voyait qu'il allait mourir… Alors, j'ai voulu lui donner quelque chose de doux. Il a pris la pomme, mais c'est ma main qu'il aurait voulue. J'ai eu peur de laisser ma main dans la sienne…

— Qu'est-ce qu'il a dit ?

— Rien, maman. Y disait rien. Mais ses yeux sont venus se poser sur moi ; je pouvais plus partir, et puis… Il m'a fait signe que j'pouvais, alors je suis partie… Mais j'ai compris que pour lui c'était la dernière fois qu'y m'voyait. Et moi j'lui ai promis d'revenir. J'ai bien vu qu'il y croyait pas. Tu m'demandais à quoi j'pensais ?… Eh bien, maman, c'est à c'moment-là que j'pensais, à ces yeux qui regardent pour la dernière fois… Je sais pas comment dire… Ces yeux-là, c'est comme si j'les sentais encore sur moi.

La brume vers midi s'est levée. Ils ont traversé le vallon pour rejoindre la route de Somme-Suippe. Du haut de la colline, là-bas, ils pourront voir une dernière fois les toits de Saint-Jean. Puis, ils passeront la crête et le pays soudain semblera vide et froid, écrasé de silence…

14

« Je ne distingue plus le jour de la nuit. C'est une abominable sensation que d'être toujours le même jour ou encore la même nuit. Je n'ai plus de lumière dans les yeux… ma bougie vient-elle de s'éteindre ou est-ce la mort qui vient ainsi ? Je ne bouge pratiquement plus. Allongé comme un sac depuis je ne sais combien de temps, je ne peux plus bouger mes jambes, ni remuer l'extrémité de mes pieds.

« Je suis à moitié mort…

« Je me vide…

« Tout s'en va.

« Oui, c'est ma bougie qui s'est éteinte. Le petit grésillement, c'était ça… La flamme est morte, et moi je n'attends pas autre chose… abréger la douleur, mon Dieu… Quitter cette terre, ce froid, allons, mon cœur, ne sois pas si vaillant, tout est fini… Pourquoi souffrir autant ?… Qui peut répondre à cela ?… Personne… Un peu d'opium, de la morphine, une petite injection… Faut-il crier, se battre encore pour une injection ? Oui, toujours lutter…

La vie ne finit pas comme ça… Trop facile… Juste avant de mourir, il faut encore se battre…

« Nul soulagement.

« La douleur est un isoloir. La souffrance une inconnue. On peut s'imaginer voler dans les airs, battre un record de vitesse, on peut imaginer une tempête de neige, un baiser sur la bouche d'une femme, on peut imaginer le fond des océans, le silence et le vent au sommet d'une montagne, et bien d'autres choses encore, mais l'agonie d'un homme ou d'une bête, on ne peut rien en dire.

« La souffrance n'est pas dans notre imaginaire. On souffre, voilà tout, et le monde se retire, s'efface, le jour et la nuit se confondent et, lorsque la douleur passe, on guette son retour, on se prépare à la recevoir, c'est une anxiété de toutes les secondes, les demi-secondes… Le moindre geste, c'est l'inconnu.

« Parfois j'entends : "Maman", ou : "Je vais mourir", surtout quand les blessés arrivent. C'est la première nuit qui est difficile. Le matin, s'ils sont encore en vie, alors la crainte est un peu moins forte. La douleur peut être pire, mais la crainte de mourir n'est plus la même, elle se tasse comme la terre fraîche devant les croix de bois, à la première pluie. Pour la plupart nous aurions dû être déjà morts. Dix fois. Vingt fois. Dès le premier jour au feu, on se fait à l'idée de mourir. De toute façon, on n'a pas le choix. Et ce sont souvent, d'ailleurs, les plus prudents, les plus frileux, qui se font descendre en premier.

« Ma manche est pleine de sang. Elle colle au brancard. Je sens des poussées de fièvre qui gonflent mes tempes. Mes blessures se sont infectées. L'hygiène ici est déplorable. Comment résister ? Et pourtant je résiste malgré moi. Avec une telle carapace, j'imagine que j'aurais pu vivre vieux, voir grandir les enfants, les petits-enfants. Ce doit être une joie que de voir tout cela. Être père, puis grand-père, "avoir les petits dans les jambes", disait l'autre à côté de moi. Il faut bien sûr du temps et de la patience pour s'occuper de tout ce petit monde-là, penser un peu moins à son bonheur personnel, mais après tout, ce bonheur personnel, n'est-ce pas celui des autres ?

« Le médecin-chef est venu me voir. Il a soulevé ma couverture. Ça m'a fait mal, parce qu'elle s'était collée aux pansements.

« Il a dit :

— Vous êtes solide, mon vieux.

« J'ai pensé que c'était un peu tard pour voir que j'étais solide, comme il disait. Il a dit autre chose sous sa moustache, mais je n'ai pas entendu. J'ai de la fièvre plein les oreilles et je n'ai pas la force de le faire répéter. De toute façon il est passé très vite à un autre. Il doit être las de tous ces blessés dont la plupart ne le voient souvent même pas, car la majorité des blessures sont à la tête. Mais nous, que sommes-nous ? N'avons-nous pas droit à un peu de réconfort ? Ne sommes-nous bons qu'à souffrir, bons qu'au sacrifice ? Pourquoi n'y a-t-il plus de morphine ?

« Ne savions-nous pas que les balles allemandes étaient meurtrières ? Moi aussi je suis las de tout ce gâchis. Si les hommes avaient porté un casque, la plupart d'entre eux auraient pu être sauvés. Il faut toujours payer sur le front l'incompétence de l'arrière. C'est ça, la guerre, et ce sera toujours ça. D'un côté ceux qui se battent et se sacrifient, de l'autre ceux qui discutent, ordonnent, inaugurent, fument le cigare et boivent du cognac…

« Heureusement, il y a des hommes remarquables, et le plus souvent ils sont au front. J'ai aimé ces hommes. Mes hommes.

« J'ai aimé leur peur. Leur courage. Leur grogne. Leur fatigue. Leur sommeil. Leur silence. Avec eux j'ai eu peur, j'ai eu froid, j'ai eu soif, et aujourd'hui avec eux je meurs. Ni les rues ni les avenues ne porteront nos noms, d'autres plus célèbres et parfois moins glorieux y inscriront le leur, mais nous autres combattants, gisants, mourants, nous ne serons plus là, nous serons simplement sous terre, les uns à côté des autres, avec la tranquillité de ceux qui ont fait leur devoir, qui sont morts pour leur pays, pour leur terre, pour leurs enfants, pour leur femme… Mais, que dis-je, beaucoup sont morts comme ça, sans l'ombre d'une cause, simplement parce qu'ils faisaient partie du lot.

« Le prêtre est venu avec son petit tabouret de vacher s'asseoir à mes côtés. Il a collé une bougie neuve sur le petit monticule de cire fondue. Puis il est resté un moment près de moi. Ses yeux parcourent le brancard où je suis allongé. Ses yeux se ferment puis s'ouvrent à nouveau. De ses doigts, il peigne de temps en temps le poil de sa barbe, le rebrousse parfois, puis le lisse de nouveau avec le plat de la main. La main, elle va aussi dans les cheveux puis revient dans la chaleur de l'autre main, qui se réchauffe dans le drap de la soutane entre les deux genoux. Il me regarde en souriant et dit :

— Nous avons reçu quelque chose pour vous. Un paquet.

« Mes yeux se sont ouverts et je crois que tout mon corps a tremblé. La vie soudain a repris sa course dans mes veines.

— Un paquet ? ai-je répété.

— Oui, un paquet. Ne vous tourmentez pas, on va vous l'apporter.

— Quand ?

— Tout à l'heure. Plusieurs courriers sont arrivés. J'ai vu votre nom sur un paquet. Patience, mon ami, on va vous l'apporter.

« *Ma chère Odette, ma femme chérie... Je t'embrasse... Je t'embrasse...* ai-je pensé. Oui, la vie a repris sa course dans mes veines. Est-ce possible de recevoir ici... *Ô mon Dieu, quelle joie ! Ma chère petite, quelle joie tu me fais...*

— Mon père...

— Oui ?

— Ce paquet...

— Eh bien ?

— Mon nom... vous êtes sûr ?

— Calmez-vous...

— Et...

— Chut... ne parlez pas, vous vous fatiguez. Vous avez de la chance, c'est un cycliste qui a apporté le courrier. Il a été pris dans une fusillade du côté de la ferme Beauséjour. Le pauvre s'est aplati si souvent par terre que le bleu de sa capote a littéralement disparu. La mauvaise nouvelle, c'est que les Allemands ont repris hier soir leur offensive. Très violente du côté de Massiges. L'attaque a continué aujourd'hui, toute la journée. Il y a encore de lourdes pertes. Les postes de secours sont débordés. Il y en a un près d'Hurlus, les bombardements de ce matin l'ont visé. Ils ont même rectifié le tir jusqu'à le toucher, et ça malgré le pavillon de la Croix-Rouge. Un obus a crevé le toit et mis le feu à la ferme… Il faut prier pour ces pauvres malheureux… Nous avons tous besoin de prières… »

Disant cela, il baisse les yeux et voit le sang du blessé goutter du brancard et former une petite flaque qui gagne la semelle de ses souliers, puis il se tourne vers André dont le visage est d'une pâleur extrême. Le frisson de la fièvre fait claquer ses mâchoires. Soudain l'abbé prend peur et se lève. « Et si l'homme mourait à présent ! » se dit-il. Un épouvantable pressentiment le conduit à grandes enjambées pour rapporter le colis.

Quand il revient, il aperçoit la sœur infirmière avec un brancardier aux pieds du blessé. Il lui faut peu de temps pour les rejoindre.

— Qu'y a-t-il ?

— Son pouls est très bas, dit la sœur. Il a perdu beaucoup de sang.

— J'ai retrouvé sa montre par terre, le verre brisé. Il est très faible, ajoute le brancardier.

Sans attendre, l'abbé va auprès d'André. Il s'assied sur son petit tabouret et tend le colis vers le visage du lieutenant.

— Votre colis… Il est là, vous entendez… Je vous apporte votre paquet….

Le prêtre se tourne un instant vers la sœur et le brancardier, qui attendent eux aussi un mouvement de vie sur la figure moribonde d'André.

L'abbé reprend :

— Votre colis, regardez, là, devant vos yeux…

Alors les yeux de Grand-Père se sont ouverts lentement. Aussi lentement qu'un soleil se lève. Seulement le feu a disparu du regard. Il ne reste qu'un bleu très pâle qui flotte sur un œil rougi de fatigue, et cerné par une paupière bise. La sœur s'est levée doucement, puis s'est éloignée, et le brancardier, peu après, l'a suivie.

Grand-Père regarde le paquet que l'abbé fait tourner lentement devant lui. Effrayée par cette proximité, sa paupière s'agite un instant. Il semble ignorer les raisons de ce manège, quand soudain l'œil se fixe sur quelque chose d'intime.

L'écriture.

L'écriture d'Odette, sa fine écriture penchée. Il la contemple sans comprendre. Hébété. Comment est-ce possible ? L'écriture de sa femme lui caresse les yeux. Ses lèvres tremblantes se sont entrouvertes, on dirait qu'il veut baiser cette encre, qu'il voudrait baiser la plume d'où a coulé cette encre, baiser la main qui a tenu la plume, puis ce bras, ce cou, ce visage si tendre qu'il n'a jamais vraiment quittés.

Cette écriture qu'il connaît si bien pour l'avoir soulignée, corrigée maintes fois, pour l'avoir même baisée de ses lèvres secrètement ; rien ne pouvait le rendre plus heureux. Cette encre sentait l'amour et sa vie, si courte fût-elle, était pleine d'une paix indéfinissable.

Son Odette était près de lui, le néant tout autour. Il en oubliait l'homme de Dieu qui était à ses côtés, et dont le bras commençait à trembler.

— Voulez-vous que je l'ouvre pour vous ? dit le prêtre.

Un battement de cils suffit comme réponse. L'abbé retire la ficelle et le papier.

C'est une petite boîte de confiserie en fer-blanc de chez Debauve et Galley, rue des Saints-Pères à Paris. Le prêtre soulève le couvercle, qu'il glisse machinalement sous son bras, retire un morceau de journal en forme de galette, prévu pour faire le voyage sans dommages, et sort tout en les nommant les objets de la boîte. Une petite bouteille d'eau de Cologne… un savon… deux paires de chaussettes… et une enveloppe cachetée… Il a gardé tout cela dans un pli de sa soutane ; il débouche alors le flacon et passe le goulot autour des narines de Grand-Père.

André respire faiblement le mélange d'huiles essentielles, aux senteurs prononcées de bergamote, de romarin et de citron. Il ferme les yeux et se souvient…

Il songe à ce départ précipité, dans la villa « Les Tilleuls », à cette valise ouverte sur le lit, qu'ils avaient faite ensemble. Odette avait glissé un flacon d'eau de Cologne qu'il n'avait pas manqué d'emporter le jour du grand départ. Il songe à ce baiser dans cette chambre où le soleil brûlant de l'été passait par l'étroite fente des volets fermés à l'espagnolette. Ce baiser qui durait et ne pouvait se défaire ; à cette odeur de romarin et de cire qui embaumait la pièce ; le vrombissement têtu de la mouche contre les carreaux de la fenêtre ; ce baiser toujours inconsolable, cet appétit d'amour dans lequel on voudrait éternellement se fondre. De même cette maison qu'occupaient les parents d'Odette, en Charente, lorsque les citronniers étaient rentrés pour l'hiver dans la chambre des fleurs, serrés les uns contre les autres comme les bêtes à l'étable, pour mieux se protéger du froid. Les feuilles au repos dégageaient un délicat parfum citronné. Il aimait venir dans le petit jardin séparé de la maison par la route du village, et arroser les fleurs avec l'eau de pluie retenue dans un timbre. Il aimait le silence des arbres et des plantes, venait lire quelques pages d'un livre qu'il refermait de temps en temps, et laissait flotter sa pensée telle une longue branche caressée par le vent. Il y avait chez cet homme le goût de la méditation. De se laisser guider par l'âme des choses qui vous entourent. Il pouvait ainsi rester des heures et son attitude, un peu raide, n'exprimait pas la volupté qui baignait alors tout son être. Il pensait à tous ces mystères qui échappaient encore à l'homme, et peu de choses à ses yeux devenaient essentielles. Tout lui semblait dénué de sens, et l'idée que toute une vie pût tenir dans le creux de la main lui faisait aimer davantage cette nature dont il s'était fait l'intime confident. « Mais que suis-je, se disait-il, comparé à cette rose qui s'ouvre et éclaire le jardin ? Ne cherche-t-on pas à être toujours plus que nous ne sommes ? Et n'est-ce pas là la source de tous nos maux ? La rose ne cherche pas à ressembler à une autre. Sa volonté n'est pas de dominer, ni même de posséder. Dénuée de toute ambition, elle existe parce qu'elle ne cherche pas à prouver son existence. »

À quelques heures d'une mort qu'il sent à présent imminente, il ne cherche plus à vivre et trouve étrangement dans ce renoncement un immense soulagement en même temps qu'une indicible force. Il se sent proche de cette rose, de ces romarins, de ces citronniers, et les arômes végétaux qu'il respire lui donnent l'impression qu'ils sont là, autour de lui, pleins d'une amitié fidèle.

L'abbé Birot a décacheté l'enveloppe et présente maintenant un portrait de jeunes mariés qu'Odette avait glissé dans son colis. André a parcouru la photographie avec une sorte d'obstination et d'absence à la fois, on aurait dit que ses yeux ne voyaient plus…

— Voyez ce qu'il y a d'écrit au dos, là dans l'angle…

Les yeux de Grand-Père ne lisent pas. Il sait ce qu'il y a d'écrit.

— « Je t'aime », lit le prêtre.

André ne s'était pas trompé. C'est à elle qu'il pensait, maintenant que tout semblait fini. Il ne voulait pas davantage respirer le passé. Tout était trop douloureux. Il fallait revenir au présent.

« Je meurs, ma chérie, et tu n'en sais rien encore. Ce n'est pas à ma vie que je pense. C'est à toi. Ta vie sans moi et cela est bien difficile à imaginer. Il le faut cependant. Les enfants ne me connaîtront pas. Tu leur diras, je pense, ce que j'ai fait. C'est vers eux que tu dois te tourner, ils auront doublement besoin d'amour. Cela fait beaucoup, je sais, mais je connais ta force. Je ne peux écrire tout ce que je suis en train de dire, mais l'aumônier, l'abbé Birot, viendra un jour te le raconter. Je ne suis pas triste au fond de mourir, mes souffrances ont trop duré. La vie, comme dit Baudelaire, n'est qu'un ténébreux orage traversé çà et là par de brillants soleils. Tu es si jeune encore. Vingt-deux ans, cela est si peu, si tendre. Quand le temps sera passé, tu songeras à prendre un autre homme à tes côtés. Sache que je ne t'en voudrais nullement. Cela est bien normal, et, après tout, tu feras ce que ton cœur voudra. Je serai toujours à tes côtés, tu le sais. Mon amour pour toi et nos enfants ne pourra se tarir. C'est tout ce que je te laisse, je ne suis pas très riche, et pardonne ma pudeur sur le quai de la gare, quand nous nous sommes quittés. Je m'en veux aujourd'hui, mais enfin cela est le passé et il est trop tard pour le changer. Grâce à toi cependant, je meurs en paix. Grâce à toi, il n'y a plus la mort. Tout ce que je peux vivre n'a plus d'importance. Il n'y a plus de mensonge autour de moi. Il n'y a plus la vie mais ton amour. Je suis tombé. Je tombe encore. On ne finit jamais. Aime-moi encore. Aime-moi toujours. Je pars. J'offre mes souffrances en sacrifice. Car je sais au fond de moi que cette poitrine qui me déchire, que mes chairs qui saignent, hurlent et se décomposent, que tout cela n'est rien en regard de l'amour que Dieu nous a donné. Et ma paix est profonde de t'aimer à tout jamais.

« Mes sacrifices serviront aussi, je l'espère, à épargner à nos enfants une autre guerre. C'est également pour cela que nous nous sommes battus. Et je suis fier de m'être battu, comme je suis fier d'être ton mari. J'ai parlé de toi à l'aumônier qui vient depuis deux jours régulièrement près de moi me faire un peu de conversation ; je lui ai montré les portraits de Jacques que tu m'as envoyés, je lui ai dit aussi que tu attendais un bébé, qui viendrait même ces jours-ci et, en disant cela, j'ai pensé qu'il était peut-être déjà là. Il me pose beaucoup de questions à ton sujet et cela me donne toujours la force de répondre, malgré mes blessures. Heureux sont ceux qui meurent entourés des leurs.

« ... De l'eau de Cologne... un savon... deux paires de chaussettes... me voilà bien entouré ! Mais cela suffit pour me sentir en paix puisqu'ils me viennent de toi, mon amour.

« Je ne toucherai plus jamais la terre de mes pieds, ni avec mes mains le front des enfants, mais je serai, dans ton souvenir, la force qui aidera tes pas à poursuivre le long chemin de la vie. De même, en cet instant de solitude qui est la mienne, tu es la lumière qui me guide avec sérénité vers Dieu. J'emporte ton amour et te donne le mien. Un jour viendra où nous serons réunis pour l'éternité. »

Une violence inconnue lui a déchiré la poitrine, et un râle affreux lui a tordu la mâchoire. Il a agité la tête et s'est débattu contre une force mystérieuse. On aurait dit un condamné à mort entre les mains de son bourreau. Il a tendu une main tremblante dans le vide que le prêtre a saisie aussitôt. Son corps a tressailli comme s'il reposait sur un lit de glace. Sa bouche grande ouverte a semblé ne plus pouvoir aspirer l'air. Il n'a même pas eu la force de passer sa langue sur ses lèvres desséchées et pâles. Son autre main, tremblante elle aussi, a cherché à tâtons quelque chose à agripper puis est retombée sur le sol taché de sang. Un cri, puis un second, a résonné et attiré les regards des autres. La petite flamme de la bougie a vacillé et grésillé quelques secondes, ses yeux se sont ouverts démesurément et ont regardé le vide fixement au-dessus de lui. Soudain ses mâchoires se sont affaissées, comme sous le poids de la douleur. Il a ensuite eu un hoquet, et un jus noirâtre lui a coulé sur le menton ; sa main est remontée étrangement et a fouillé sa poitrine badigeonnée de sang. « Viens… viens », a-t-il semblé dire à la mort. Il aurait voulu que tout cela finisse enfin, mais la vie s'accrochait encore à lui, malgré lui.

Les aiguilles ne bougent plus sur le cadran de sa montre posée sur la couverture. Le temps pour lui n'existe plus, et cependant la vie s'écoule encore telle une pierre qui ne finit pas de tomber dans l'abîme… Le prêtre le confesse puis lui donne l'absolution. Tout va très vite et rien ne bouge. Seules quelques gouttes de sang perlent du brancard.

Qui a parlé ?

Personne.

Le prêtre dit un verset de la communion. La tête penchée, le visage légèrement détourné. Il se demande si le lieutenant entend ses paroles. Grand-Père tenait à ces prières, il le lui avait dit la veille quand il pensait déjà que l'heure était venue. Il lui avait dit qu'il voulait mourir en chrétien, qu'il croyait aux souffrances rédemptrices, à la communion des saints. Aussi l'abbé ne l'avait-il presque pas quitté des yeux, et soutenu dans sa foi.

Les deux hommes avaient découvert au hasard de leurs conversations, dont l'abbé était le principal interprète, qu'ils venaient de la même ville, Albi. Grand-Père y était né en 1881, et y avait fait ses études, avant de regagner Paris. L'aumônier, lui, y exerçait depuis plusieurs années déjà son sacerdoce. Ils avaient, ensemble, noué un dialogue qui forçait Grand-Père à garder toujours un esprit lucide et lui offrait en quelque sorte un rempart contre l'abandon et le délire.

Ils parlaient souvent d'Albi, des promenades sur les bords du Tarn, de la cathédrale Sainte-Cécile, du pays cathare et de ces « Albigeois » que les croisés commandés par Simon de Montfort massacrèrent. La croisade, une guerre désastreuse ordonnée par le pape ! Ils parlaient de l'Église et de ses contradictions, de son intolérance. L'abbé gardait en mémoire cette phrase de Grand-Père : « Chez l'homme, l'instinct de tuer est plus fort que l'instinct religieux. » Il y avait aussi de grands moments de silence. L'abbé allait remettre du bois dans le poêle, voir un autre blessé, aider parfois aux pansements, au ravitaillement. Puis il revenait toujours avec la hantise d'arriver trop tard.

Ils parlaient encore de la Bible. Grand-Père disait, avec une vivacité extraordinaire dans son état de faiblesse : « Comment comprendre… le geste d'Hérode… qui a donné la tête de saint Jean-Baptiste… à Hérodiade… selon saint Marc… Hérode vénérait pourtant son prisonnier… suivait même ses conseils… Alors pourquoi ?… Était-ce un faible ou un sanguinaire ?… » Cette histoire le passionnait et le tourmentait. Il y revenait souvent. Ils avaient pris ainsi l'habitude de se retrouver.

Le prêtre finissait la prière, la petite bouteille d'eau de Cologne encore dans une main. Il s'en était même renversé un peu sur la soutane, et la proximité de la bougie avait bien failli y mettre le feu. La lumière tremblait elle aussi et éclairait par intervalles le relief au-dessus d'eux, représentant la quatorzième station du chemin de croix.

Les douleurs ont repris sans un moment d'apaisement. Son visage émacié ne semble plus avoir la force d'exprimer la douleur. Ce n'est plus le même homme qui, huit jours plus tôt, était arrivé sur son brancard. Il s'est littéralement vidé de son sang. Il a perdu beaucoup de poids.

Une heure est passée.
Puis une autre.

Alors la nuit s'est avancée comme un chat noir. À l'aube, ses souffrances n'avaient toujours pas cessé. La bougie était sur le point de s'éteindre. La flamme baissait jusqu'à se noyer dans la cire chaude et liquide, puis la lumière revenait d'un coup et se grandissait même parfois étrangement.

L'abbé veillait, assis et dormant à moitié. Le poêle était silencieux. Il n'y avait que des ronflements, des sifflements et des râles qui flottaient au-dessus des lits, et que le Christ sur sa croix, les yeux clos, semblait écouter.

Soudain, Grand-Père parut enfin s'assoupir. Son râle diminua. Il voulut sans doute inspirer un peu d'air, mais n'acheva pas son inspiration. Sa tête roula légèrement et mollement sur le côté. Ses joues se creusèrent, son nez se pinça. Il mourut.

Le lieutenant André M… était mort.

Grand-Père n'était plus.

Il était environ quatre heures ce dimanche matin, le 14 mars 1915.

15

Le corps est étendu dans le cercueil, les mains jointes. L'abbé y dépose la boîte en fer avec l'eau de Cologne, le savon et les deux paires de chaussettes. Un homme pose le couvercle, prend une poignée de clous, un marteau et termine son ouvrage.

Il n'y avait plus de place dans le cimetière de Saint-Jean. Il a fallu aller un peu plus haut dans un champ de betteraves. Au fond du ciel, l'aurore éclaire le ventre des nuages d'une lumière rose. Il fait froid. La terre est recouverte d'une petite gelée blanche. Deux soldats glissent le cercueil au fond du trou. Et tandis que l'abbé ouvre son missel, le cycliste de la veille arrive en courant, une lettre à la main en criant :

— M'sieur l'aumônier !... C'est une lettre pour le lieutenant M... du 96e !... Elle s'est collée au paquet d'lettres que j'ai apporté hier au P.C...

Il reprend son souffle et ajoute :

— J'm'en suis aperçu que c'matin... La voilà.

La lettre est en effet marbrée par l'eau qui a coulé dessus. Les deux soldats posent leurs pelles, indécis, et regardent l'abbé qui tourne et retourne le courrier dans ses mains. Le cycliste hausse les épaules d'un air pitoyable. L'abbé respire profondément dans le silence qui se prolonge. Un vent glacial vient se frotter contre sa soutane et soulève les pans de son étole. Il se décide à ouvrir la lettre. Tous les yeux sont fixés sur l'enveloppe qu'il ouvre avec son ongle. L'abbé hésite un instant, puis délivre le papier rempli d'une écriture serrée.

Il déplie la lettre et se met juste au-dessus du trou, puis après avoir feint une légère toux pour chasser son émotion, il se met à lire pour celui qui, à ses pieds, aurait tant aimé entendre :

Paris, le 18 février 1915

Mon cher mari,

J'ai reçu ta lettre du 13 hier soir au courrier de huit heures. Il y avait une heure que j'avais été mettre ma lettre et mon paquet à la poste. Inutile de te dire tout le plaisir que j'ai eu à la lire ; j'en oubliais de manger.

C'est une joie toujours nouvelle pour moi. Que je te félicite tout de suite, mon chéri, et que je te dise combien je suis fière des compliments de ton colonel au général. Je ne doute pas que tu fasses un parfait officier. D'ailleurs ne fais-tu pas bien tout ce que tu fais ?

Tu me demandes si Jacques commence à parler ? Pas du tout et je pense qu'il fera comme toi qui n'as commencé qu'à deux ans. Ta mère me l'a écrit.

Voilà tout ce qu'il sait : « maman », toute la journée, « poum » quand il se cogne ou fait tomber quelque chose, et « papa » et « tata » quelquefois. Tu vois que son vocabulaire est on ne peut plus restreint. Mais ce qui le rend, je crois, si paresseux, c'est qu'il se fait admirablement bien comprendre par gestes, jeux de physionomie et onomatopées. Il est absolument tordant.

Il y a deux jours nous l'avons, maman et moi, emmené aux Grands Magasins du Louvre pour lui acheter des souliers. Il a donné la comédie à tout le monde. On l'aurait facilement perdu tellement il courait vite. Je lui ai acheté des souliers à vraies semelles, mais j'ai été effrayée du prix qu'il fallait mettre. 7 francs 90 pour un petit bout d'homme comme cela.

Pour te donner une idée de ce qu'il est beau et mignon, une dame au Luxembourg a dit l'autre jour à maman, après s'être extasiée sur lui : « Faites bien attention, madame, un enfant comme celui-là, on vous le volerait à tous les pas ! » Il est surtout drôle de vie et d'intrépidité. Je crois bien que l'autre lui ressemblera, car il est bien remuant lui aussi !

P.-S. J'ai été au Bazar de l'Hôtel-de-Ville, pour de la graisse à chaussures. J'ai pris le plus grand modèle de boîte. J'espère que cela te plaira. Je suis si heureuse, moi, de tout ce que je puis faire pour toi.

L'abbé s'arrête là.

Le vent fit claquer les pages puis il replia la lettre qu'il remit dans son enveloppe et la logea sous sa ceinture de soie.

Le cycliste s'éloigna.

Le prêtre attendit que les deux hommes finissent de combler le trou et de planter la croix. Quand tout fut terminé, il se signa, puis se dirigea vers la petite église d'un pas pressé, heurtant parfois de petits cailloux avec la pointe de ses souliers. Il n'entra pas tout de suite, et alla s'asseoir sur le petit muret qui surplombait la route. Encore haletant, la gorge serrée, il contempla la course silencieuse des nuages. La lune était encore visible malgré les premières lueurs du jour et semblait avoir passé la nuit dans une rivière d'or… Il resta là, sans bouger, pendant un long moment. Le regard planté dans les ruines de pierres. L'averse la plus froide ne l'aurait pas délogé. Il y avait dans cette immobilité le poids d'un désespoir suprême. Quiconque lui aurait adressé la parole aurait sans doute passé son chemin sans réponse. Le silence ne l'entourait pas. Il était le silence.

Il pensait à la lettre et se tourmentait de l'avoir ouverte et lue ainsi. « Comment ai-je pu faire une chose pareille ? » se dit-il. Mais une force l'y avait poussé sans qu'il pût en connaître la nature. Ce geste avait été celui d'un homme qu'il ne reconnaissait pas en lui. Sa sensibilité l'avait dépassé, et tout son être avait été pris d'une ardente compassion pour ce soldat. Mais de là à ouvrir ce courrier, à lire cette intimité dont il violait le secret, il ne pouvait saisir la nécessité de son acte. Son regard était si concentré, l'œil fixe, presque noyé par la pensée, qu'il crut apercevoir un petit groupe d'enfants qui jouaient au ballon, mais avec une telle insouciance qu'il en demeura encore plus interdit. Il resta ainsi dans sa rêverie à les regarder jouer, à suivre ce ballon qui lui rappelait quelques vitres brisées dans la cour de son ancien collège. Il retrouvait ses années d'adolescence et avec elles certaines images depuis longtemps ensevelies, comme ces cours d'endurance quand le cœur cognait furieusement dans la poitrine, le goût amer, presque bilieux, provoqué par l'effort. Il se souvenait du plaisir qu'il prenait à se dépasser et à passer les autres. Il aimait courir. La tactique de la course lui plaisait, le rythme, les changements de rythme, le peloton, le coude-à-coude, l'allongement de la foulée pour creuser l'écart et fatiguer l'adversaire. Les secondes, les minutes qu'on déroule sous les pieds et le long de la corde, puis la cloche, le dernier tour qui efface la douleur, le coup de reins pour accélérer, la dernière courbe, la ligne droite, les épaules toujours droites et la poitrine enfin qui se jette sur le fil. Tout cela fut rapide, précis, et traversa son esprit comme la foudre dans un ciel nocturne. Il y avait autre chose. Une chose bien plus lourde et pesante, et dont ces années étaient à jamais marquées.

La mort de son père.

Il lui manquait les dernières heures à son chevet. Il aurait aimé être là, près de lui, lui prendre la main, lui donner tout l'amour qu'il avait reçu ; il aurait aimé lui dire la fierté d'être son fils, de cet homme droit et honnête qu'il espérait lui-même devenir. Mais il ne lui restait qu'un regard, qu'un adieu dans cette chambre d'hôpital où son père se trouvait. Ce n'était pas un adieu mais une déchirure qu'il avait ressentie. La porte s'était refermée et avait brutalement grandi sa solitude. L'homme qui allait mourir l'avait regardé pour la dernière fois avec une telle confiance malgré la triste certitude qui lui mangeait le visage. Comment avait-il pu partir ? Il se souvint de ce couloir sombre dans lequel il s'était avancé à petits pas. Avait-il tout dit à ce père qu'il ne reverrait plus ? Non, et il méprisait la pudeur qui lui avait fermé la bouche. Il avait retenu ses larmes mais elles coulaient à présent sur ses joues, et quand il fut dehors, au milieu d'une agitation qui lui sembla odieuse, il se souvint qu'il eut envie de courir. De courir le rejoindre, de l'aimer encore de tout son petit être, et de lui dire tout bas ce qu'il n'avait jamais dit.

L'abbé Birot comprit alors ce qui l'avait poussé à ouvrir cette lettre. Il ne s'en voulait pas. Les morts ont le droit d'être aimés. Il n'avait pas cherché à faire davantage et il était convaincu que le lieutenant l'avait entendu.

Après s'être passé la main sur le visage comme pour en chasser la fatigue, l'abbé resta encore dans ses pensées, immobile. Le froid ne semblait pas l'atteindre, tandis que l'aube avec douceur poussait le monde vers d'autres délivrances…

Quand il rentra, il remit la lettre dans le portefeuille d'André, puis rassembla tous les autres effets personnels dans une boîte cartonnée, étiquetée et fermée par deux gros élastiques en croix. La place de Grand-Père avait été lavée au balai-brosse ; de même le brancard et la couverture avaient été brossés puis désinfectés.

Comme chaque matin, l'abbé Birot, avec son tisonnier, active les cendres dans le poêle. Le bois manque, alors on brûle de la bouse séchée. Et voilà qu'une fumée jaunâtre s'échappe et le fait presque disparaître.

La tâche continue.

La sœur infirmière appelle :

— Monsieur l'abbé !

— Oui, oui, je suis là.

— Les couvertures sont si lourdes, dit-elle, les bras chargés.

— Donnez, voyons, laissez-moi faire.

Puis, après les avoir soupesées, il ajoute :

— Eh bien, en effet… Elles sont encore humides, c'est pour ça.

— Avec ce temps… dit-elle du bout des lèvres.

Ensemble, ils préparent les lits.

La vie s'anime dans l'église.

La journée commence.

Des blessés arrivent de la ferme Beauséjour qui a été incendiée hier matin, tandis que des autos-ambulances, offertes par la Russie, font leur apparition dans le village. Tout le monde s'en réjouit.

La guerre se modernise.

La tuerie aussi.

16

Elle s'appelle Angélique. C'est elle qui a remplacé Albert, le télégraphiste à la recette des Postes du 6e arrondissement à Paris. Voilà déjà trois mois qu'elle exerce ce nouveau métier. À vingt ans, elle n'avait encore jamais travaillé. Elle fait cela avec plaisir ; et un sourire vient souvent éclairer son visage rond où apparaissent nettement des taches de rousseur qui lui donnent un charme d'écolière. La casquette est épinglée sur ses cheveux clairs relevés gracieusement en chignon au-dessus de la tête. La veste croisée, bleu marine et aux boutons dorés, lui donne un petit air d'homme qui ne la fait pas passer inaperçue. Une grande courroie de cuir traverse sa poitrine et soutient sur le côté d'une hanche une petite sacoche lustrée sur laquelle repose l'une de ses mains.

Mais ce qu'elle n'aime pas, ce sont ces télégrammes du ministère des Armées. Ces bouts de papier qui renferment toujours la même chose, les mêmes phrases.

La mort d'un soldat.

Avant que la porte du destinataire ne s'ouvre, c'était toujours la même angoisse à attendre, la gorge serrée. Elle entendait des pas à l'intérieur, des pas qui se rapprochaient mais qui ne savaient pas encore. Elle avait remarqué cela ; quand elle partait sur la pointe des pieds, alors elle entendait d'autres pas. Des pas qui pleuraient. Des pas qui savaient. Elle s'éloignait du malheur en descendant rapidement l'escalier.

Elle ne savait jamais qui allait lui ouvrir. La femme, la mère, le père, l'enfant. Elle cherchait toujours à être le plus naturelle possible, mais dès que la porte s'ouvrait, que les regards se portaient sur elle, il lui était impossible de ne pas paraître engoncée dans son costume, de ne pas avoir le geste raide et parfois un peu tremblant. Elle avait deux frères qui étaient partis dans les Flandres, puis un autre de la classe 16 qui devrait lui aussi bientôt partir. Elle pensait à eux lorsqu'elle montait les étages avec le billet dans la main. Des fois, elle sentait le papier lui coller aux doigts. C'était un supplice de monter ces marches, et plus elle grimpait, plus l'air lui paraissait se raréfier.

Au 21 de la rue de Tournon, elle franchit la porte ; le concierge passe sa tête inquiète derrière le voilage de la porte vitrée, puis après un signe d'approbation se retire de l'encadrement.

Elle monte jusqu'au cinquième.

Mais, cette fois, la porte s'ouvre avant même qu'elle n'arrive sur le palier. Tante Eva ne la remarque d'ailleurs pas tout de suite, occupée à finir de remplir sa boîte à ordures avec des chutes d'étoffes.

Angélique s'approche tout intimidée, en dissimulant le télégramme dans les plis de sa jupe. Tante Eva relève la tête une fois vers elle, machinalement, puis une deuxième fois plus lentement. Ses yeux vont très vite aux mains de la jeune fille. Elle voit le papier plié au bout des doigts. Alors elle pose sa main sur l'autre battant de la porte d'entrée et regarde la postière qui n'ose plus même faire un pas.

Angélique voudrait ne pas être là. Elle jette machinalement un regard à l'étage du dessus pour combler l'odieux silence.

— Oui ?... finit pas dire tante Eva.

— Bonjour, madame... Un pli pour Mme Odette M..., dit Angélique en tendant le triste papier.

Tante Eva murmure d'une voix rauque :

— C'est ici... Mon Dieu !

Puis après un temps, Angélique dit doucement, avec un mélange de chaleur maternelle et de pitié :

— Il faudrait signer là, s'il vous plaît...

— Comment ?

— Signer, madame... ici...

— Oui, oui...

Tante Eva signe le registre, une main sur la poitrine, la respiration coupée.

— Merci, madame, et...

Alors, ne sachant pas trop quoi ajouter, elle dit simplement :

— Au revoir, madame.

— Oui, au revoir... répond dans le vague tante Eva, les yeux fixés sur le télégramme encore tiède de la main d'Angélique.

Tante Eva a refermé la porte et se retrouve dans la pénombre de l'entrée ; elle fait quelques pas vers le buffet, sur lequel elle prend appui. Odette n'est pas encore rentrée. Elle est allée ce matin accueillir sa mère à la gare d'Austerlitz, et cela malgré les conseils du médecin, comme si, chaque jour, elle cherchait un moyen de faire venir plus tôt ce bébé. Devant le miroir, tante Eva dévisage son reflet comme si elle attendait une aide, une réponse de sa part.

Que va-t-elle faire ?

Elle tente de réfléchir, mais sa pensée reste paralysée sur ce télégramme. Des larmes tombent sur la cire du buffet, et font un éclat de lumière inutile. Elle entend le petit qui joue dans le salon et ferme un instant les yeux pour tenter de calmer son trouble. Elle essuie ses larmes avec un petit mouchoir brodé, puis se mouche, et va rejoindre l'enfant qui lui adresse un grand sourire.

— Viens, mon petit, viens.

Elle le prend dans ses bras et marche dans la pièce silencieuse. Elle dit seulement de temps en temps : « mon petit chéri… mon petit chéri » qu'elle répète plusieurs fois, la voix presque étouffée par sa bouche collée aux vêtements de l'enfant.

Elle marche sans s'arrêter. On dirait une somnambule ; tous les meubles et les objets glissent à côté d'elle comme des fantômes.

Puis elle s'arrête. Quelque chose lui revient soudain en mémoire, là, sur ces fauteuils, la rencontre avec André, la tasse de thé qu'elle lui avait offerte, cette attente ensemble, et cette première impression qui vous suit toute la vie. Tante Eva ne s'était jamais mariée, mais elle connaissait les hommes pour avoir cru tout d'abord à leur amour et découvert ensuite, mais un peu tard, leur effroyable égoïsme. Elle avait aimé. Cela d'ailleurs se voyait sur son visage, mais l'amour qu'elle portait encore au bord des yeux avait ce je-ne-sais-quoi d'amertume qui pinçait un peu les lèvres et lui fermait tristement la bouche. Instinctivement, elle se méfiait des hommes dont la faiblesse de caractère les conduisait toujours à dire « je t'aime » pour faire plaisir. Les hommes n'avaient pas le ton. Tout cela sonnait faux et manquait de folie. Elle avait peu à peu refusé d'être aimée ainsi. L'amour lui parut bien trop envahissant et, dans les moments difficiles, elle ne voyait de consolation et de soutien que dans la solitude. Son tempérament ne pouvait concevoir le mariage comme une fin en soi. « Passer ma vie à côté d'un homme qui a peur d'être seul, ça non ! » disait-elle, ou bien encore : « La plupart des hommes acceptent le mariage par manque de foi en eux-mêmes ! » Dans cette société dirigée par les hommes, où le mensonge et la lâcheté régnaient en maîtres, les femmes étaient exclues et considérées seulement pour donner du plaisir aux hommes. Elle ne voulait pas de ce plaisir-là. Elle pensa au procès de Mme Caillaux qui avait passionné la France entière et éveillé la révolte sourde des femmes qui s'étaient imaginées à sa place. Elles étaient toutes, au fond, solidaires de ce geste fou et lyrique au plus haut point. Et pour tante Eva l'acquittement de Mme Caillaux était sans doute le point de départ d'une possible libération de la femme.

Elle revenait à sa première impression sur André qui avait été bonne. Sa timidité, malgré sa stature et ses larges épaules, l'avait mise en confiance et séduite. Son regard n'était pas celui d'un homme qui sait tout. Il y avait une grande douceur dans le bleu pâle de ses yeux. Elle avait espéré que ce ne fût pas pour autant de la faiblesse. Il lui avait paru également un peu maladroit, en ayant en peu de temps, et à plusieurs reprises, risqué de casser sa porcelaine. Mais la maladresse, selon elle, était plutôt signe d'intelligence. Et elle s'était aperçue très vite qu'il n'en manquait pas. C'était un homme de lettres et cela la réjouissait ; elle se souvenait encore presque mot pour mot qu'André lui avait dit, sans doute aussi pour la séduire : « C'est une chose singulière que de voir, dans ce début du siècle où l'intellectualisme bat son plein, la langue française se perdre, par le divorce qu'on prétend établir entre l'art d'écrire et l'art de parler. Il ne s'agit pas bien sûr de parler comme un livre, mais le langage "parlé" ne devrait pas s'appauvrir de nos règles grammaticales, qui sont d'ailleurs aussi celles de l'élégance et de la politesse. » En tout état de cause, son habileté était certaine, car on ne pouvait toucher davantage le cœur de tante Eva. Aussi l'avait-elle très vite approuvé et pense maintenant à son Odette qui l'avait, elle, très vite aimé. Odette qui va rentrer d'un instant à l'autre.

Il lui faut se ressaisir, prendre des forces, mais elle reste là, tout le poids du corps appuyé au chambranle, regardant désespérément le fauteuil où il s'était assis la première fois. Ses jambes n'ont plus la force d'avancer ni de reculer. Elle est immobile, haletante et perdue.

L'enfant est venu dans ses jambes et tire la jupe de sa robe en lainage vert foncé, accrochant ses doigts au biais d'étoffe bordé de lisérés en soie noire. La présence de Jacques lui redonne du courage. Elle va s'asseoir et prend l'enfant sur ses genoux, puis fredonne dans les boucles de ses cheveux une comptine.

Tante Eva guette par la fenêtre l'arrivée de sa sœur et d'Odette. Vu de l'étage, c'est un ballet incessant de voitures à cheval, à essence, de cyclistes et de piétons. La circulation est intense et donne l'impression d'une fourmilière.

Une voiture s'arrête devant l'entrée de l'immeuble. Elle reconnaît le chapeau de sa sœur, Marie, en feutre taupé garni d'ailes, puis Odette qui descend à son tour avec précaution. Elles disparaissent ensuite par la porte cochère.

Alors Eva se dirige vers la porte d'entrée qu'elle ouvre, et passe sur le palier. Penchée au-dessus du vide de la cage d'escalier, elle entend leurs voix sans les comprendre. Les pensées tournent confusément dans sa tête, autour d'un seul sentiment, que tout est fini. Elle voit cette main fine et jeune gravir la rampe et se rapprocher ainsi inéluctablement de la vérité. De l'impossible vérité à laquelle elle-même ne s'est pas encore soumise. C'est un vertige que de voir cette main monter, suivre la courbe du bois, les secondes qui passent sont insoutenables. La colère gronde dans sa poitrine, dans sa bouche, dans ses yeux, dans ses mains, tous ses membres sont pleins d'une rage qu'elle ne peut exprimer. Elle aperçoit ce ventre accompli, lourd, ralentissant la marche. Sa bouche est sèche. Tout cela est trop long. Elle n'en peut plus de porter ce destin toute seule, et bénit la présence de sa sœur.

La main glisse par petits bonds.

La main grossit.

Il faut penser à des choses fortes. Combler ce vide pour ne pas crier. Mais il est trop tard, Marie et Odette finissent de monter les dernières marches en soufflant ; et arrivent enfin tout heureuses devant la porte close.

Tante Eva a disparu.

Odette sort du fouillis de son sac un trousseau de clés, réussit à prendre d'une main la bonne qu'elle enfonce dans la serrure. Les deux femmes défont leurs toilettes, tandis qu'Odette lance un « coucou ! » enjoué pour annoncer leur arrivée.

Elle ouvre la porte du salon en grand et s'arrête net. Tante Eva est au milieu de la pièce et tient Jacques d'une main, le télégramme dans l'autre. Odette regarde sa tante d'un air inquiet. Mais les yeux d'Eva se remplissent si vite de larmes qu'Odette comprend tout de suite. Elle dit « Vava, ne pleure pas », d'une voix si calme qu'on pourrait se demander si elle a réalisé la mort de son mari. Elle ouvre le télégramme et lit :

« Fernand Auguste André M…, lieutenant réserviste au 96e régiment d'infanterie, est tombé mortellement en entraînant sa compagnie à l'assaut d'une tranchée ennemie. A fait preuve d'une remarquable

énergie et du plus grand courage. Est mort des suites de ses blessures le 14 mars 1915. Cité à l'ordre de l'armée. Promu officier de la Légion d'honneur. »

Odette replie le télégramme, relevant le front sans relever les yeux. Un petit soubresaut comprime sa poitrine, elle reste quelques secondes ainsi, muette, sans une larme, comme si sa conscience ne pouvait admettre la réalité de ce qu'elle vient de lire. Marie vient vers sa fille, prêtant son épaule pour étouffer le cri qu'Odette lâche soudain ; la crise de larmes la secoue si violemment qu'elle en sent les vibrations sur son propre corps. Pour la calmer, elle l'attire contre elle. Eva a pris Jacques dans ses bras, l'enfant regarde sa mère pleurer sans comprendre. Marie caresse les cheveux de sa fille dont les sanglots redoublent puis, soudain, Odette s'écarte, et bondit hors du salon vers sa chambre, faisant battre la porte qui reste finalement ouverte.

Eva dose cinq gouttes de Globéol dans un demi-verre d'eau, puis l'apporte dans la chambre. Odette est allongée en travers du lit.

— Tiens, ma chérie, bois ça, dit Eva.

Mais quand le verre arrive près de son visage, Odette se retourne brusquement et, d'un revers de main, envoie le verre par terre.

— Laissez-moi… Laissez-moi tranquille !

Marie regarde sa fille. Elle aimerait lui passer la main sur le front, caresser ses cheveux, ses épaules et lui dire quelque chose de bon, de chaud, mais les mots sont difficiles à dire, dérisoires, les mots semblent tout d'un coup si insignifiants, si légers, dénués de sens, qu'elle ne peut se résoudre à les prononcer. Et puis quels mots ? Existe-t-il même des mots pour combattre une telle détresse ?

Marie desserre son col et fait sauter quelques boutons de soie noire de leurs bouclettes. Elle échange un regard avec Eva qui a tiré les rideaux, puis toutes deux ensemble se retirent de la pièce.

Odette a mis les mains sur son ventre, sur cette vie qui la tire des ténèbres et du gouffre dans lequel elle vient brusquement de tomber. Elle voudrait garder cet enfant en elle, ne pas le donner à ce monde cruel, fait de haines, d'injustices, et de guerres. Quelle bêtise de vivre, de se réjouir, de croire, d'aimer, tout cela est trop douloureux ; elle veut mourir, rejoindre son mari avec ses enfants, disparaître. Tout lui paraît à présent inutile ; cette lumière qui passe au travers des rideaux est absurde. Qu'a-t-elle envie de voir ? Rien. À vingt-deux ans, sa jeunesse est finie. Elle n'a plus envie de jouir de l'existence, d'être belle, de sortir, de plaire, d'arranger sa coiffure, ses lèvres, ses yeux. Elle aurait voulu être là, près de lui, soigner ses blessures, elle aurait su le sauver, pense-t-elle, elle est en colère, humiliée d'avoir été écartée. Les femmes ne sont-elles bonnes qu'à attendre, à l'image de Pénélope, le retour d'Ulysse ? Et cet enfant qu'elle porte, n'est-ce pas la femme encore qui attend ?

Elle pleure de rage et d'impuissance.

Sa vie est partie quelque part en Champagne.

Elle ignore presque tout, alors elle cherche un paysage, une lumière, elle fouille ce décor incertain dans sa tête, son imagination devient si faible, tout nage et vacille devant ses yeux ; elle ne peut saisir cette terre, ces arbres, ce ciel que les yeux d'André ont embrassés pour la dernière fois ; tout fond comme de la cire ; elle voudrait pétrir de sa main cette argile où le sang a coulé, posséder ce visage et le baiser une fois encore. C'est une torture, car ses lèvres ne peuvent rien atteindre…

« Il n'y a dans ce monde que l'amour qui soit indispensable, comment vivre sans cela ? » se dit-elle ; elle serre son fils dans ses bras, respire ses cheveux et s'attache comme quelqu'un qui se noie. La vie lui semble avoir été si courte. Les bonheurs passés si éphémères.

Est-ce cela la vie ? Quelle force ont ces chiens qui se laissent mourir quand le maître n'est plus là ? Elle désire cette force et cependant son ventre bouge, remue, et la rappelle constamment à la vie. Oui, la vie coule en elle, mais elle s'y refuse ; la vie lui semble si étroite, si obscure, que l'enfant lui-même ne voudra pas sortir, pense-t-elle, apeuré par tant de souffrances. Elle-même aura-t-elle la force et le courage de l'expulser dans ce monde aveuglé de lumière, aussi assourdissant qu'un torrent après le dégel ?

Comment pourrait-elle trouver maintenant ce sommeil sans entendre le claquement de la mitrailleuse déchirer son silence et le bruit sourd d'un corps tomber au sol, face contre terre ?

Elle serre son petit contre sa poitrine et l'enfant se laisse aller à ce débordement. Il sent le corps chaud et vibrant de sa mère, le sein est dur et ferme ; sa joue s'y colle et se déforme sous la pression des bras. Elle couvre son front de baisers furieux, et lui ne résiste pas, il ne dit rien et trouve que la vie est bien douce dans les bras d'une maman.

Elle pense à son homme, enseveli dans un coin de terre froide. Elle entend descendre le cercueil qui heurte les parois de la fosse, le frottement des cordes contre le bois, la première pelletée de terre sur le coffre qui rend ce bruit clair, puis de plus en plus sourd.

Être séparée de ce corps, porter le deuil, elle ne peut s'y résoudre. L'amour gonfle ses veines. Non, non, la mort ne pourra détruire cette passion brûlante qui reste dans son cœur. « Ma vie ne compte plus, se dit-elle, c'est maintenant la sienne que je dois être, c'est sa peau, son sang, ses yeux que je dois être, je ne vivrai plus, lui vivra en moi, ce sont ses lèvres qui frémiront de joie, je ne veux plus de bonheur, je veux le sien, oui, je l'aime, je suis à lui, oui, mon cher mari, mon cher André, à jamais. »

Le docteur est passé dans l'après-midi, mais Odette a réussi à trouver le sommeil. Son cœur épuisé se repose dans un silence que le médecin n'a pas voulu troubler.

Quand le soir est venu, Marie lui a apporté son plateau dans la chambre. Le repas est simple. Une soupe de légumes, un laitage et un fruit. Odette mange à peine. Marie propose à sa fille de venir à la campagne après l'accouchement. Odette refuse. Marie tente de la convaincre. On verrait bien plus tard, quand le bébé arriverait.

Jacques dort à présent. Penchée au-dessus de lui, Odette regarde ce petit homme qui ne verra plus son père. En aura-t-il seulement le souvenir ? Elle porte souvent la main sur sa poitrine et tire sur son corsage. Elle respire mal dans cet appartement, et depuis ce matin elle a eu plusieurs fois le sentiment d'être au bord de l'asphyxie et de l'évanouissement. Elle a besoin d'espace, de liberté, et les murs de sa chambre lui semblent être ceux d'une prison.

Les jours passent comme les nuages. Lentement.

Les trois femmes attendent cet enfant avec la même impatience, et il n'y a pas une journée où l'on ne parle pas de la future naissance. Mais on parle peu. Dans la pénombre de l'appartement règne une atmosphère de recueillement que chacune vit différemment. Marie va à l'église, allume un cierge et veille chaque jour à la petite flamme. Eva trouve dans son ouvrage davantage la rêverie que la prière mais la gravité de l'expression est la même. Quant à Odette, dont le visage s'est légèrement creusé, elle offre maintenant une tout autre conduite et son agitation contraste fortement avec les deux sœurs. Elle sait que toute une existence l'attend et plutôt que d'en être effondrée, ce qui eût été encore compréhensible, elle est impatiente de se livrer ; tout son être semble réclamer la vie. Il suffit de regarder ses yeux, pénétrés d'une ardente ferveur, pour comprendre qu'elle est résolue et qu'elle sait que l'heure décisive est venue. Elle s'arrête parfois, quelques secondes, relève la tête en inspirant profondément comme pour parer à toute défaillance. On aperçoit alors dans ses prunelles sombres une lueur claire qui fait penser à une marée du soir quand la surface de l'eau semble peinte, presque vernie par la fin du jour.

L'amour dépasse les limites de son corps. Il résiste à la mort. Cette révélation s'insinue au plus profond d'elle-même et donne à son visage un rayonnement intense. Jamais elle ne s'est sentie aussi remplie d'amour, et jamais elle n'a autant désiré cet amour. Il n'y a plus rien autour d'elle que cette force qui domine le monde. Elle tire les rideaux de sa chambre bien plus qu'à l'ordinaire afin que la lumière y pénètre à son aise. Le soir, elle ouvre ses fenêtres, dénoue ses cheveux et offre son corps dans les courants de l'air. On dirait qu'elle respire la mer, l'immensité de sa vie nouvelle. Elle dort peu et se relève la nuit pour écrire.

Elle a besoin d'écrire. Alors elle prend du papier, une plume et adresse un courrier à sa cousine Marguerite à qui elle se confie souvent, et dont elle a reçu hier matin une lettre de Bretagne.

Après avoir parlé longuement de cet enfant qui bouge en elle, elle a encore la force d'écrire :

> … *Si vous saviez comme je l'aime, cette mer immense, comme j'aime ses flots bleus, verts ou gris, clairs ou sombres tour à tour, ses vagues grandissantes au loin dans l'espace, accourant vers nous comme des monstres immenses, puis diminuant, s'abaissant et se brisant enfin à nos pieds, comme par un singulier retour d'humilité et de soumission. Et le soir, quand le temps est calme et que le ciel étoilé se reflète dans l'immensité limpide, qu'il fait bon encore marcher sur la grève, les pieds perdus dans ce sable humide et mouvant, dont le moindre petit grain est une preuve infinie de la Divinité.*

Est-ce ainsi, chère Marguerite, que vous la contemplez, en ce moment, les yeux perdus dans l'horizon lointain ? Moi, je l'admire aussi aveuglément, parce que je la trouve belle, belle entre toutes les œuvres de la Création. Et je laisserais bien des fois les plus grandes inventions humaines, pour un coin de terre d'où je pourrais souvent, toutes les fois que le désir m'en viendrait, contempler l'océan, dont le seul souvenir fait battre mon cœur.

Odette mit au monde un petit garçon, le 31 mars 1915. On l'appela André.

Elle éleva ses deux fils qui partirent quelques années plus tard à la guerre.

Elle s'engagea dans la Résistance et fut dénoncée, puis arrêtée.

Elle passa un an à la prison de la Santé puis à Fresnes. Refusant de collaborer, elle fut déportée au camp de Ravensbrück. Elle y resta deux années avant d'être libérée à la fin de la guerre.

Elle mourut à l'âge de quatre-vingt-douze ans.

Elle ne s'était jamais remariée.

4 décembre 1995.
La Pêcherie.

Mise en page par Meta-systems
59100 Roubaix

Cet ouvrage a été imprimé
en septembre 2014

FIRMIN-DIDOT

27650 Mesnil-sur-l'Estrée
N° d'édition : L.01ELJN000670.N001
N° d'impression : 124145
Dépôt légal : octobre 2014

Imprimé en France